박팔양
시전집

박팔양
시전집

유성호 엮음

현대문학

〈한국문학의 재발견-작고문인선집〉을 펴내며

　한국현대문학은 지난 백여 년 동안 상당한 문학적 축적을 이루었다. 한국의 근대사는 새로운 문학의 씨가 싹을 틔워 성장하고 좋은 결실을 맺기에는 너무나 가혹한 난세였지만, 한국현대문학은 많은 꽃을 피웠고 괄목할 만한 결실을 축적했다. 뿐만 아니라 스스로의 힘으로 시대정신과 문화의 중심에 서서 한편으로 시대의 어둠에 항거했고 또 한편으로는 시대의 아픔을 위무해왔다.

　이제 한국현대문학사는 한눈으로 대중할 수 없는 당당하고 커다란 흐름이 되었다. 백여 년의 세월은 그것을 뒤돌아보는 것조차 점점 어렵게 만들며, 엄청난 양적인 팽창은 보존과 기억의 영역 밖으로 넘쳐나고 있다. 그리하여 문학사의 주류를 형성하는 일부 시인·작가들의 작품을 제외한 나머지 많은 문학적 유산들은 자칫 일실의 위험에 처해 있는 것처럼 보인다.

　물론 문학사적 선택의 폭은 세월이 흐르면서 점점 좁아질 수밖에 없고, 보편적 의의를 지니지 못한 작품들은 망각의 뒤편으로 사라지는 것이 순리다. 그러나 아주 없어져서는 안 된다. 그것들은 그것들 나름대로 소중한 문학적 유물이다. 그것들은 미래의 새로운 문학의 씨앗을 품고 있을 수도 있고, 새로운 창조의 촉매 기능을 숨기고 있을 수도 있다. 단지 유의미한 과거라는 차원에서 그것들은 잘 정리되고 보존되어야 한다. 월북 작가들의 작품도 마찬가지이다. 기존 문학사에서 상대적으로 소외된 작가들을 주목하다보니 자연히 월북 작가들이 다수 포함되었다. 그러나 월북 작가들의 월북 후 작품들은 그것을 산출한 특수한 시대적 상황의 고려 위에서 분별 있게 이해되어야 할 것이다.

　이러한 당위적 인식이, 2006년 한국문화예술위원회의 문학소위원회에서 정식으로 논의되었다. 그 결과, 한국의 문화예술의 바탕을 공고히 하기 위한 공적 작업의 일환으로, 문학사의 변두리에 방치되어 있다시피 한 한국문학의 유산들을 체계적으로 정리, 보존하기로 결정되었다. 그리고 작업의 과정에서 새로운 의미나 새로운 자료가 재발견될 가능성도 예측되었다. 그러나 방대한 문학적 유산을 정리하고 보존하는 것은 시간과 경비와 품이 많이 드는 어려운 일이다. 최초로 이 선집을 구상하고 기획하고 실천에 옮겼던 한국문화예술위원회의 위원들과 담당자들, 그리고 문학적 안목과 학문적 성실성을 갖고 참여해준 연구자들, 또 문학출판의 권위와 경륜을 바탕으로 출판을 맡아준 현대문학사가 있었기에 이 어려운 일이 가능하게 되었다. 이런 사업을 해낼 수 있을 만큼 우리의 문화적 역량이 성장했다는 뿌듯함도 느낀다.

　〈한국문학의 재발견-작고문인선집〉은 한국현대문학의 내일을 위해서 한국현대문학의 어제를 잘 보관해둘 수 있는 공간으로서 마련된 것이다. 문인이나 문학연구자들뿐만 아니라 더 많은 사람들이 이 공간에서 시대를 달리하며 새로운 의미와 가치를 발견하기를 기대해본다.

2009년 11월

출판위원 염무웅, 이남호, 강진호, 방민호

이 책은 식민지 시대와 분단 시대를 관통하면서 오랫동안 작품 활동을 했던 여수麗水 박팔양朴八陽의 시편들을 모은 시선집이다. 그동안 그의 작품을 통관할 수 있는 변변한 시선집 하나 없었던 것은, 분단 시대를 살아오면서 우리가 겪었던 해묵은 이념적 금기 때문이었을 것이다. 그런데 이른바 '해금 문인' 중에서도 박팔양은, 다른 시인이나 작가들보다 화려한 조명을 못 받은 편에 속한다. 이를테면 같이 카프 활동을 한 작가들 가운데 임화, 권환, 이찬 등의 시전집이 이미 출간되었고, 박세영의 평전이 출간된 데 비해 박팔양의 홀대는 매우 문제적이다. 이에 편자는 그가 식민지 시대를 통해 발표한 시편들을 최대한 망라하여 싣고, 월북 후에 발표한 작품들 중 장편 서사시를 뺀 서정시 가운데 작품성이 높아 보이는 것을 선별하여 실음으로써, 그의 작품이 온당하게 평가받는 일차 자료로서의 외관과 속성을 견지하도록 해보았다. 기회가 닿는다면 그가 남긴 두 편의 장편 서사시 역시 원문 그대로 볼 수 있게 되기를 바란다.

박팔양은 현실성과 서정성을 양대 기조로 하여 당시로서는 꽤 많은 시편을 창작한 시인이다. 분단 체제가 낳은 이념적 금기가 우리의 괜찮은 문학사적 자산을 몰각시켰다는 것은 주지의 사실이지만, 그렇기 때문에 우리 문학사의 정당한 역사 유산을 실증적으로 되살려 문학사를 재구성하는 일은 더더욱 요긴한 일이 아닐 수 없다. 그 점에서 일차적으로 시인의 작품 세계를 온당히 이해할 수 있는 작품의 복원은 매우 중요한 과제가 된다.

박팔양은 초기 카프에 들어갔으나 자진 탈퇴한다. 또한 그의 정신적 요체를 형성하는 데에는 배재고보 학연이나 카프 활동과 아울러 그가 경성법전 시절 정지용 등과 함께 만든 등사판 문예동인지 『요람搖藍』도 참고되어야 한다. 결국 박팔양은 이 동인지 제작과 습작을 통하여 시적 조형력에 대한 수업을 하게 된 셈이고, 후일 그의 시세계에서 지속적으로 나타나는 서정성은 이 시기의 체험과 제휴하고 있다. 그런데 주목해야 할 사실은, 1930년대 중반 이후 그가 당시 프로문학과는 사상적, 미학적인 대척점에서 활동하던 그룹인 구인회 후기 동인으로 참여한다는 점이다. 이는 그의 초기 시부터 일관되게 관류하고 있는 서정성과 관념적 현실 인식이, 당시 방향 전환 이후 프로시가 걷게 되는 서사화 경향과 합치되지 못하고 인생론적 모럴로 전이되는 것과 관련된다. 따라서 그가 1933년을 전후하여 모더니즘 풍의 도회 정조를 채록한 시들을 많이 쓴 것이라든가 탈역사적인 서정성에 치우친 시풍을 형성하게 되는 것은 이 시기의 행적과 무관하지 않을 것이다. 이어서 그는 1940년에 유일한 시집 『여수시초麗水詩抄』를 상재함으로써 그의 해방 전 시세계를 스스로 갈무리한다. 해방 후에 그는 조선프롤레타리아 예술동맹의 중앙집행위원으로 참여하지만 실제적 활동은 거의 없었고, 북한 문단에 직접 참여하여 북조선예술총동맹의 부위원장 겸 출판국장을 맡는다. 한국전쟁 때는 종군작가로 활약하였고, 이후 문학예술총동맹 중앙위원을 비롯하여 작가동맹 부위원장 등을 지냈다.

이러한 역동적이고 복합적인 동선動線을 가지고 있는 그의 문학적 생애는 이제 섬세한 작품론적 연구를 기다리고 있는 형편이다. 이 시선집이 그러한 요청에 다소나마 부응해주기를 편자로서 기대해 마지않는다.

끝으로 이 책이 나오기까지 도움을 주신 현대문학 편집부 여러분께 깊은 감사를 드린다.

2009년 11월

유성호

* 일러두기

1. 이 책은 박팔양의 시를 선별하여 수록한 시선집이다.
2. 제1부는 그가 해방 전 발표한 시들을 거의 망라하여 실었고, 제2부는 해방 후 월북하여 쓴 작품 가운데 서정성이 짙게 담겨진 작품들을 골라 실었다.
3. 배열은 해방 전 작품들은 발표순을 원칙으로 하였고, 출전은 작품의 말미에 밝혔다. 해방 후 작품은 1992년에 간행된 『박팔양시선집』(문학예술종합출판사)에서 골라 거기 실린 순서를 따랐으며, 시인 스스로 밝혀놓은 창작 연도를 작품 말미에 실었다.
4. 본문은 현대 표준어로 고치고 띄어쓰기도 현 문법을 따랐다. 어법은 원문 그대로 살렸다. 다만 시적 허용에 해당하는 경우는 시인의 의도를 따랐다.
5. 한자는 가능한 한 줄이고 해독의 편리를 위하여 필요하다고 판단되는 경우에만 병기하였다.
6. 원문의 오자는 바로잡았다. 문맥상 맞지 않는 단어나 글자는 문맥에 맞게 고쳤으며, 원문에 복자 처리된 것은 그대로 두었다.
7. 작품은 「 」로, 단행본은 『 』로, 잡지와 신문은 《 》의 기호로 표기하였다.

차례

제1부_ 해방 이전의 시

제2부_ 해방 이후의 시

해설_ 현실성과 서정성의 갈등과 통합 • 195

제 1 부 해방 이전의 시

명월야明月夜

저 달이 어젯밤보다도 더 고운 저 달이
송림松林 우거진 뒷산 위에 저렇게 높았으니
일상日常 모이는 우리의 놀이터에는
사랑하는 친구들이 모였겠구나

동무야 이곳에 모인 울음 동무야
울어 무엇하리(울어도 설움은 설움)
초로草露 같은 인생 덧없는 인생의 꿈을
창백한 저 달 아래 울어 무엇하리

울지 말아라
설움 나라 나그네야 울지를 말아라
"달아 달아" 찾던 옛날의 우리가 아니어든
저 달 보고 춤추려고 이곳에 모였더냐

은쟁반 같은 저 달은 설움 덩어리
한 많고 정 많은 사람의 무리의 흐르는 눈물이 모여드는 곳
아아 동무야 울음을 그치고
저 달을 보아라

—《동아일보》1923년 11월 4일

한 가지 유언

내가 어느 날이든지 나의 죽는 날에
꼭 한마디 이 세상에 두고 갈 유언이 있습니다
세상이 다— 들을 커—다란 소리로
"순직純直한 까닭에 불행한 모든 사람은
나의 부형父兄이며 친구며 애인입니다"
이렇게 외치고 죽고 싶습니다

—《동아일보》 1923년 11월 4일

씨를 뿌리자

불운의 아들 짓밟힌 무궁화를 가슴에 안고
비애의 길 걷는 나의 친구여
씨를 뿌리자
기름진 이 땅을 북돋우자!

남의 집 후원後園에 꽃 피었더라고
어리석은 무리야 춤추지 마라
정신 잃고 넋 잃고 남의 화단 보기만 하면
꽃 없는 우리 동산東山에 꽃 핀다더냐

씨를 뿌리자 우리의 손으로
황막荒漠한 우리 동산에 씨를 뿌리자
동산은 거칠어도 우리는 힘없어도
인정 있는 대지大地 어머니 창조의 여신이
몸소 모든 것을 기르시며 안으시리라

불운에 우는 자여 대지를 믿어라
대지는 우리에게 편벽偏僻되지 않으리라 그리고
봄바람 수양버들 가지에 나부끼거든
씨를 뿌리자
수확의 시절 가을을 위하여

씨를 뿌리자

아아 나의 친구 불운에 우는 자여!

─《동아일보》1923년 11월 4일

어지러운 이 세대

어지러운 이 세대—요란한 세상
무서운 물결은 뛰놉니다 기어들어요
사랑하는 내 동생 귀여운 내 누이
모두 다 광랑狂浪이 뺏어갑니다 잡아가요

모든 것을 소유치 못한 나에게서
세상은 내 누이동생까지 뺏어갑니다
이 하늘 이 땅 무심도 해요
침묵의 천공天空 무언의 대지
눈물 어린 내 눈에 옛 그림자 그대로예요

그러기에 옛 어른 하신 말씀이 있지요
"아들아 손자야
물결 높은 세대 바다에 밤배질할 자야
올 세대는 난세亂世
난세는 어둔 밤
너희는 끝없는 조심을
등불과 함께 준비하여라"

무심한 하늘 무심한 땅
더군다나 알지 못할
이 세대 사람의 마음!

오! 이 세대는 참으로 어지러운 세대입니다

—《동아일보》1923년 11월 4일

케말 파샤의 찬가讚歌

모진 바람 때 없이 불어와서
허공에 높이 꽂은 반월기半月旗 퍼덕일 때
오! 동방東方의 풍운風雲은 급하구나
토이기土耳其의 존망지추存亡之秋 이르렀구나

사람이 없느냐 반월기 아래
조국을 위하는 사람이 없느냐
누가 반월기 아래 사람이 없느냐

일대의 열혈아熱血兒 케말 파샤가
용감하게 칼자루 손에 들고서
조국을 위하여 분기奮起하지 아니하였느냐

오! 케말 파샤여 구국救國의 신이여
그대의 조국을 사랑함이
어찌 그리도 절실하던고!

세상 사람아 여기를 보라
이 애국의 용사 열혈아를 보라
동방 제국諸國의 모─든 남아를 위하여
만장萬丈의 기氣를 토하고 있구나

오! 케말 파샤여
애국자의 수호신이여
나는 그대를 노래하노라
천추千秋 만세萬歲 다— 지나도록
그대의 이름은 빛나리로다

—《동아일보》1924년 2월 12일

나그네

황토 묻은 짚세기* 보따리
갓모 제껴 쓰고 하룻길
숙여 쓰고 하룻길
길가에 백학白鶴이 날아
논틀에 앉아 글 한 구

이름 모를 주막집
길가에 외로이 놓여
희미한 등잔불
손자 보고 웃는 얼굴
노인의 얼굴에 주름이 많아

산을 넘어 물을 건너
어린아이의 마음 같이 고운
백사지白沙地를 지나
나그네의 가는 길
외로운 마음—

—《동아일보》1924년 7월 7일

| * '짚신'의 방언.

괴로운 조선

괴로운 조선의 울음소리가 들린다
황량荒凉한 폐허의 구석구석에서
오! 듣기조차 지긋지긋한
괴로운 울음소리가 들린다

그러나 안심하라 나의 친구여
폐허에 울리는 저 울음소리는
새 생명을 낳는 산모의 신음이니
그대는 새 생명을 위하여 오히려 기뻐하라

극렬한 진통―신음!
그 후에 약동하는 새 생명이 있나니
지금의 괴로운 그 울음소리는
조선의 딸 조선의 아들
새로운 희망이 나오는 산모의 신음이라

괴로운 조선 신음하는 산모여!
창조되는 새 생명을 위하여 용기를 가지라
오! 괴로운 현 조선은
지금에 새 희망을 낳으려 신음하도다

―《동아일보》1924년 7월 7일

고별의 노래

꿈속같이 지난 옛일을 생각하니
다시금 만날 때가 그리워집니다

황홀의 나라 시詩의 왕국에 사는
젊으신 모든 나의 친구여
발에 감발*을 하고
손에 지팡이를 짚고 나서니
갈 길도 멀거니와
떠나기도 어렵습니다그려

"평안히 있으라"는 말은
속된 인간의 입 위에서 칼 맞은 말이오
침묵의 고별 말 없는 것이
오히려 참되지 아니합니까

양양洋洋히 흐르는 황혼의 한강수漢江水 위로
지저귀며 날아가는 까치 한 떼가
길손의 약한 마음을 또 울립니다

꿈속같이 지낸 옛일을 생각하면

| * 발감개.

다시금 만날 때가 그리워집니다

—《동아일보》 1924년 7월 7일

설운 사랑

사랑합니다고
작은 소리나마
맘속에서 울려나지요

안 잊습니다고
작은 방울이나마
눈물이 통통 떨어집니다

그대와 내 몸의
가이없음은
밤 오면 없어질 풀이지요

죽어버리면
그대로 스러져
자취 없을 두 몸입니다

—《동아일보》 1924년 7월 7일

여름 구름

여름 구름이
바람을 타고
육로로 천리를 거쳐서
바닷길 십리를 간다

구름아
새의 깃보다도
더 가벼운 여름 구름아
어느 봉峯을 넘고
어느 강을 지나
한없이 끝없이
어디로 가려는가

바람같이 왔다가
바람같이 가는
인생의 한때 설움을
흐르는 물에 부치나
부는 바람에 부치나
천리 밖 먼 곳으로 떠나갈
뜬 여름 구름에 부치나

사람아

모든 괴로운 추억과
모든 뜻 없는 희망을
역사를 망각하고 있는
푸른 하늘과 흰 구름으로
씻어버리자
아까운 마음 없이
씻어버리자

여름 구름은
모든 것을 잊어버리고
육로로 천리
수로로 천리

—《동아일보》1924년 8월 18일

가을바람 낙엽

가을바람 우수수 불어오면은
나무나무 잎사귀 떨어집니다
우리마당 앞뜰에 오동나무도
잎사귀를 온뜰에 떨어놓습니다

우리오빠 학교서 오기만하면
갈퀴찾아 낙엽을 긁어봅니다
오동잎새 종일을 긁고긁어도
자꾸자꾸 한없이 떨어집니다

—《동아일보》1924년 9월 15일

망각忘却

즐거운 옛날이어든
달콤한 추억에 취하라
그러나 괴로운 옛일이어니
모두 다 잊고서 지내자

사람의 마음이라
잊어버리기 어렵거든
하늘을 닮아라
씻은 듯 가신 듯
저 푸른 하늘을 닮아라

한바탕 지내인
모든 옛일은
모두 다 뒤숭숭한
한때 꿈자리
그대여 지나간 못된 기억을
장사葬事 지내어 묻어버리자

—《조선일보》1924년 10월 27일

동지同志

동지를 북쪽으로 떠나보낸 후
나는 그대가 그리워 울었노라
북두칠성 기울어진
겨울 새벽에
나의 베개는
몇 번이나 눈물에 젖었던고!

북쪽 나라
피로 물들인 거리거리로
목숨과 함께 애쓰며 방황하는 그대의 모양이
생시에도 몇 번 꿈에도 몇 번
나의 머리를 왕래하였었노라

너는 서리 많이 온
이른 겨울날 아침에
검은 까마귀 한 마리
북쪽으로 울고 가더니
며칠이 못 되어 그대의 몸이
얼음같이 찬 시체가 되어
그대가 항상 오고자 하던
이 나라로 이 벌판으로
오! 그대는 돌아왔도다!

눈송이 날리는 북국의
피를 피로 바꾸는 마당에서
열정에 떠는 가슴을 안고
그대는 얼마나 수고하였던가

동무여
나는 그대의 관 위에 놓을
아무 선물도 없노라
그러나 나는 그대의 찬 입술에
"영원한 승리자여!" 하고
입 맞추인 후
뜨거운 나의 '눈물'을 바치겠노라

—《조선일보》1924년 11월 1일

저자에 가는 날

친구여, 나는 안 가겠노라
첫새벽 저자에
같이 가자는 이 사람아
내 일찍이 속은 일 있어
다시는 저자에 가지 않으려노라

해가 저물어
사람들이 그날의 저자에서 돌아올 때
그대는 무엇을 바꾸어 오려는가
그대나 나는 아무것도 소유치 못하였거니
피곤한 다리와
가슴 아픈 허튼 주정과
그리고 잿빛 실망의 가슴밖에
그대의 가지고 돌아올 것이 무엇인가

친구여 그래도 나더러
저자에 가자는가, 이 사람아
내 일찍이 속은 일 있어
다시는 저자에 가지 않으려노라

—《생장》 1925년 2월호

향수 鄕愁

양지바른 남향 대문에 기대어 서서
나 자라던 고향을 생각하니
구름이 아득하여 천리러라
생각이 아득하여 천리러라

남쪽으로 날으는 제비 떼를 따라서
잊어버린 옛 고향 길을 찾아라
늙으신 부모 기다림에 지쳐서
마루 끝에 걸터앉아 조을고 계심이라

—《생장》 1925년 2월호

가난으로 십 년 설움으로 십 년

시름에 겨워 턱을 고이고
창밖으로 마당을 보니
백년 묵은 고목 나뭇가지에
부엉이가 앉아서 울음을 운다
울지 마라, 너 우는 소리에
청춘에 죽은 누이 생각이 난다
철 몰라서는 가난으로 십 년
철 알아서는 설움으로 십 년
정해놓은 이십을 살고 가버린
누이 생각이 또다시 난다

―《생장》 1925년 2월호

젊은 사람!

젊은 사람! 젊은 사람!
가장 귀한 보배가 그대에게만 있네
창세創世하던 첫날부터 세상 마지막 날까지
끝까지 없어지지 아니할 귀한 보배가

목숨! 목숨!
침체되지 않은 새로운 목숨
흐르는 시냇물같이 청신한 그 목숨
이것은 오직 그대에게만 있네
젊은 그대에게만 있네

열정과 감격!
세상과 나라를 생각하고 주먹으로 책상을 치는 뜨거운 열정과 감격
분화구상의 불길 같은 작열한 그 열정과 감격
이것은 오직 그대에게만 있네
젊은 그대에게만 있네

힘과 자유!
아무것의 구속도 용서치 아니하는 절대한 힘과 자유
불의에 대한 반역 힘 있는 반역
자유에 대한 갈망 목숨과 피로 바꾸려는 갈망
이것은 오직 그대에게만 있네

젊은 그대에게만 있네

그대들 젊은 사람의 이 모든 귀한 보배를
감히 빼앗을 자 없네 아무도 없네
해가 뜨거움과 빛을 가지고
동에서 서로 가되 감히 이를 막을 자 없네 아무도 없네

—《조선일보》1925년 4월 13일

여명이전黎明以前

이제야 온단 말인가 이 사람들아
나는 그대들을 기다려 기나긴 밤을 다 새웠노라
까막까치 뛰어다니며 아침을 지저귈 때
나는 그대들의 옴을 보려고 몇 번이나 동구 밖에 나갔던고

그대들은 모르리라
황량한 이 폐허, 이 거칠은 터에
심술궂은 바람이 허공에서 몸부림치던 지난 밤 일
아아 꽃같이 젊은 무리가
죄 없이 이 자리에서 몇이나 피 토하고 죽은지 아느뇨

광명한 아침을 못 보고 죽은 무리
그대들 오기를 기다리다가
아아 옳은 사람 오기를 기다리다가 가버린 무리
그들의 피 묻은 옷자락이
솟아오르는 아침볕에 붉게 빛나지 않느뇨

지나간 모든 일은 한바탕의 뒤숭숭한 꿈자리
고개 너머 마을에 있는 작은 종이 울어
구원久遠의 길을 떠난 수난자를 조상弔喪할 때
보라 나와 그대들의 머리 위에 있는 해와 무지개!
폐허, 야반夜半의 비극을 모르는 것 같고나

밤새워 기다리던 이 사람들아
이제는 그 지리하던 어둔 밤이 다 지나갔느뇨
천리만리 먼 곳으로 다 지나갔느뇨
아아 지나간 밤의 지리하였음이여

―《개벽開闢》1925년 7월호

시냇물 소리를 들으면서

내가 이 나라에 태어난 후
무엇이 나를 기쁘게 하였더뇨
아무것도 없으되
오직 흐르는 시냇물 소리가 있을 뿐이로다.

내가 홀로 방 안에 누워
모든 것을 생각하고 눈물 흘릴 때
누가 나를 위로하여 주었느뇨
오직 흐르는 시냇물이 있을 뿐이로다.

보아라 나는 일개 적수赤手의 청년
어떻게 내가 기운날 수 있겠는가
하지만 시냇물이 흐르며 나에게 속살대기를
"일어나라, 일어나라, 지금이 어느 때이뇨"

아아 참으로 지금이 어느 때이뇨?
새벽이뇨 황혼이뇨 암야暗夜이뇨
이 백성들은 아직도 피곤한 잠을 자네
이 마을에는 오직 시냇물 소리가 있을 뿐이로다.

무슨 소리뇨 무어라 하는 소리뇨
언제부터 흐르는지도 모르는 이 작은 시내여

아침이나 저녁이나 밤중이나
우리에게 무슨 말을 부탁하느뇨.

내가 이 나라에 태어난 후
햇수로 이십 년 달수로 두 달
그간에 나는 아무 한 일이 없도다
오직 시냇물가에서 울었을 뿐이로다.

그러나 울기만 하면 무엇이 되느뇨
슬픈 노래하는 시인이 무슨 소용이뇨
광명한 아침 해가 비추일 때에
우리는 밖으로 뛰어나갈 사람이 아니뇨.

"일어나라, 일어나라, 누어만 있느냐"
지금도 문밖에서 시냇물이 최촉催促하는데
나는 아직도 방 안에 드러누워
한숨 쉬이고 생각할 뿐이로다.

—《조선문단》 1925년 10월호

거리로 나와 해를 겨누라

이 나라 거리가 왜 이리 쓸쓸하냐
젊은이 죽어 초상 치르고 난 집 같고나
이 나라에는 사람이 하나도 없느냐
오오 젊은 사나이도 없느냐

이 나라 사람은 왜 모두 힘들이 없느냐
두더지 땅 파고 드러엎드린* 것 같고나
이제는 좀 거리로 나오라, 이 딱한 사람아
네 활개 쩍 펴고 종로로 튀어나와
"나도 한몫 살아보겠다" 소리 지르지 못하는가

백두산상에 빛나는 저 해를 보라
끓는고나 타는고나 열정 덩어리로구나
이 나라 젊은이 가슴에도 피가 돌거든
해가 가진 열정을 함빡 빼앗자고
활을 메어 한 눈 지긋하고 저 해를 겨누라

주린 배 부여잡고 부르는 콧소리, 듣기 싫다
뭇매 맞은 강아지 담 밑에 신음소리 같고나
오막살이 좁은 방에 징징대이지 말고

* '드러누운'을 창조적으로 변형한 말.

나오너라, 머리를 동이고 거리로 나오너라

—『조선시인선집』(조선통신중학관 발행), 1926년 10월

신神에 대한 질문

예술가여
이제는 그만 단념하라

세상 자전字典에서 '미美' 자를 빼어버리라
미의 나라가 아닌 이 세상에
어디에 조금이나 '아름다움'이 있느뇨

미는 그대들의 망상의 하나이요
모든 미는 오랜 옛적에 이미 무덤 속으로 들어갔도다

예술가여 그대의 손으로 칼을 갈으라
그대의 목을 베일 칼을 갈으라
세상을 떠나 하늘나라에 다다르거든
신께 질문하라
"어찌하여 미도 없는 나라에
나를 내어보내었느냐"고—

예술가여
이제는 그만 단념하라
미의 나라가 아닌 이 세상으로
그대는 잘못 나왔도다

—『조선시인선집』(조선통신중학관 발행), 1926년 10월

공장工場

덜컥 덜컥 덜컥
공장의 기계가 돌아갑니다
무수한 직공의 피 묻은 기계가
소리를 지르며 돌아갑니다

덜컥거리는 기계 소리
그것은 가련한 일꾼의 울음소리입니다
굴뚝에서 나오는 검은 연기
그것은 그들의 한숨의 모임입니다

비 오는 어느 날, 공장의 창문이 열리면서
핏기 없는 얼굴 하나가 가녈핀 손으로 턱을 고이고
지나가는 비단옷 입은 행인을 내어다보다가
창窓 안에 호령소리, 그의 얼굴은 사라집데다

지금의 공장은 그렇게 고생이라니
언제나 웃음소리가 그곳에서 새어 나오리까
"사람은 일해야 마땅하고, 일하면 반드시 먹는다"고
이웃집 선생님은 가르칩데다

—『조선시인선집』(조선통신중학관 발행), 1926년 10월

나는 불행한 사람이로다

나는 불행한 사람이로다
청춘을 볼 때에
사람들이 자랑하는 청춘을 볼 때에
나는 그들의 붉은 얼굴 뒤에
앙상한 해골을 보았노라

사랑하는 남녀의
타는 듯한 붉은 입술과 입술이
서로 마주치어 불길이 일 때
앙상한 해골의 이빨과 이빨이
달각거리며 서로 마주침을 나는 보았노라

아! 운명의 신은
나에게 왜 이리 박정薄情한고 장난꾼인고
나의 눈앞에 소년을 놓고서
소년의 턱에 백발을 나에게 보이도다

아! 나는 장난꾼에게 놀림 받는
불행한 사람이로다
축혼 행진곡을 들을 때
추도곡도 들리는 것 같으며
어린아이의 요람을 볼 때에

풀 우거진 분묘墳墓가 눈에 보이도다

오! 나는 불행한 청춘이로다
나의 마음은 이리도 차고
나의 가슴은 이리도 고요하도다
오! 나는 불행한 청춘이로다

—『조선시인선집』(조선통신중학관 발행), 1926년 10월

아침

이 날이 또 밝았고나
뒤숭숭한 어젯밤 꿈자리에
잠이라고는 잔 듯 만 듯
어― 입맛 깔깔하도다

날조차 왜 저렇게
근심 많은 사람을 닮아
흐리터분, 흐린 것 고약도 하다
그러렸다 까마귀란 놈
오늘 아침이라고 안 울 리가 있나

뉘 집에서 저렇게
아침부터 싸움을 하노
그래도 아침이라고
누이동생 떠다놓은 세숫물이
마루 위에 놓였고나

―『조선시인선집』(조선통신중학관 발행), 1926년 10월

윤전기輪轉機와 사층四層집

A

××! ××! ××!
윤전기가 소리를 지른다
PM. 7~8. PM. 8~9.
ABC, XYZ
부호를 보려무나
한 시간에 십만 장씩 박아라!

B

음향音響! 음향! 음향!
여보! 공장 감독!
당신의 목쉰 소리는
××! ××!!에 지질러 눌려
죽었소이다
흥! 발동기의 뜨거운 몸뚱이가
목을 놓고 울면 무엇하나
피가 나야 한다 심장이 터져야 한다

C

벽돌 사층집 높다란 집이다
시커먼 기旗란 놈이
지붕에서 춤을 춘다

옛다 받아라! 증오의 화살
네 집 뒤에는 윤전기가
죽어 넘어져 신음한다

D

××! ◇◇! ○○!
DADA, ROCOCO(오식도 좋다)
비행기, 피뢰침, ×광선
문명병, 말초신경병,
무의미다! 무의미다!
이 글은 부득요령에 의미가 없다
나는 2=3을 믿는다

E

곤죽, 뒤죽, 박죽,
인생은 두루뭉수리란 놈이다
벽돌 사층 직선이 사선이오
과로와 더위로 데어 죽은 윤전기의
거대한 시체에
구더기 구더기가 끓는다

F

십만 장! 십만 장!
부호는 돌아간다
A—B=C=D

그리고 1—2—3—4로
공장 감독의 얼굴이 붉다
별안간 벽돌 사층이 무너진다
인생은 영원히 ‘XYZ’ 이냐
—이상 비평 사절—
(고따따, 방따따, 최따따, 죽었는지 살았는지 적적무문寂寂無聞이다)

—《조선문단》1927년 1월호

남대문

서울은 행복스러운 도성이외다
그는 그의 가슴에 남대문을 안았으니
사랑하는 사람을 안은 젊은 사나이와 같이
즐거움과 든든함으로
그의 마음은 하나 가득할 것이외다

내가 고생살이 십 년을 하는 동안에
무엇을 바라고서 살았사오리까마는
새벽안개 속에 묵묵히 서울을 지키고 있는
남대문 하나를 바라보고 살아왔사외다

이 도성의 사람들이 또한 그러하외다
그들이 울분하여 터질 듯한 가슴을 안고
거리에서 거리로, 비틀거리는 발길을 옮길 때
누가 그들을 위로하여 주었사오리까
없사외다, 오직 남대문 하나이 있을 뿐이외다

내가 모든 행복으로부터 버림을 받고
붉은 주먹을 쥐고 죽음을 부르짖으며 뛰어다닐 때
남대문은 그윽한 중에 나에게 말하였사외다
"참고 준비하라! 이제 약속한 날이 온다!"고—

친구께서도 만약 마음의 문을 열으신다면
남대문의 그윽한 말소리를 들으시리다
"기다림에 지쳐 소망을 잃어버린 백성들이여
감격한 중에 준비하라! 약속한 날이 가까웁다"는

내 고요히 눈을 감고 남대문을 볼 때에
그곳에 제단 모으고 기도드리는
가난하고 불행한 많은 목숨을 보았사외다
"거인이 오소서 거인이 오소서
약속한 날이 어서 오소서"

오늘도 나는 나의 사랑하는 복순이와 같이
이른 아침에 남대문의 곁을 거닐었사외다
우리 조상과 우리를 보고 또 우리 자손을 지킬
어버이 같은 자비와 예언자 같은 위엄을 가진
그의 앞을 오랫동안 떠나지 못하였사외다

—《동광》 1927년 1월호

밤차

유랑하는 백성의 고달픈 혼을 싣고
밤차는 헐레벌떡거리며 달아난다
도망꾼이 짐 싸가지고 솔밭 길을 빠지듯
야반 국경의 들길을 달리는 이 괴물이여!

차창 밖 하늘은 내 답답한 마음을 닮았느냐
숨 막힐 듯 가슴 터질 듯 몹시도 캄캄하고나
유랑의 짐 위에 고개 비스듬히 눕히고 생각한다
오오 고향의 아름답던 꿈이 어디로 갔느냐

비둘기집 비둘기장같이 오붓하던 내 동리
그것은 지금 무엇이 되었는가
차바퀴 소리 해조諧調 맞춰 들리는 중에
희미하게 벌어지는 뒤숭숭한 꿈자리여!

북방 고원의 밤바람이 차창을 흔든다
(사람들은 모두 피곤히 잠들었는데)
이 적막한 방문자여! 문 두드리지 마라
의지할 곳 없는 우리의 마음은 지금 울고 있다

그러나 기관차는 야암夜暗을 뚫고 나가면서
"돌진! 돌진! 돌진!" 소리를 지른다

아아 털끝만치라도 외롭게 할 일이 있느냐
아까울 것 없는 이 한 목숨 바칠 데가 있느냐

피로한 백성의 몸 위에
무겁게 나려덮인 이 지리한 밤아
언제나 새이려나 언제나 걷히려나
아아 언제나 이 괴로움에서 깨워 일으키려느냐

—《조선지광》 1927년 9월호

최초의 은인

'발전' 궤도 위의 영원 길을 걷는 우리의 어머니
지구는 지금 새로운 아들의 산모가 되었다
황막한 북방의 빙원氷原—차디찬 얼음 속에 오오 짐승과 같이도
무섭게 굳세게 생긴 더벅머리 아이여!

인류 서광曙光—신생한 지구의 아들
초기 신생대의 '맘모스' 보다도
더 거대한 체구를 가진 새로운 아이여
눈 속에 걸어다닌 그 큼직한 발자취여

원시인의 그것과 같은 혁혁爀爀한 안광眼光
강철 그것과 같이 강하고 검은 피부
모든…………하는 구세기가 ××하고
새로운 세기가 ××되려는 인류를 위하여
모든 축배를 올리고 있다

오오 영광의 사람 신세기의 거인
축복받을 인류 최초의 은인아
…………………가는 ××를
무쇠같이 강한 두 팔 두 다리로 끄집어내이는 이 기운 찬 사람아
신세기 인류 최초의 은인
오오 지구상……………………

—《조선지광》 1928년 1월호

묵상시편默想詩篇

1. 돌다리

시냇물 흐르는 이 동리의
휘우듬한 돌다리 위로
보랏빛 하늘 같은 희망을 안고 아침에 나아가
피로와 울분 그것을 가지고 저녁에 돌아왔네

×××지친 몸 힘없는 걸음
돌다리에 신소리가 차게 들리네
기운차게 이 다리 위 달릴 날 생각하면서
가난한 동리 좁은 골목으로 들어가노니

2. 묵묵한 얼굴

하루 일에 시달린 나의 몸을 이끌어
밤늦어 고요한 나의 잠자리로 옮길 때
칠십 년 싸움의 굽이굽이 험한 길!
잠드신 아버지 얼굴에 주름살이 많구나

내 이 ××에 장성한 사나이 되어
세상일에 ×× 쥐이기를 배웠을 때
천하에 약자 되지 말라고

가르치신 이 누구인고 저 묵묵하신 얼굴

3. 바닷물과 사공

가난을 탄식하는 소리 듣기 싫어
뛰어나왔네 '아스팔트' 깔린 광장으로
'아카시아' 가로수 밑에서 동무를 만나
손잡고 웃으니 근심이 없고나

내가 가진 것이라고는 하나도 없네
하되 나도 ××에 살지 않는 사나이는 사나이
××× ×××× 굽이치는 바닷물같이
내 겁 없는 사공처럼 팔을 뽐내이련다

4. 조을던 파수병

온실 속 화초같이 자라난 나의 아이 위하여
들바람의 차고 매움 피하려 하였네
허나 조을던 파수병 놀라 깨듯이
우리의 길이 그 길뿐임을 또다시 생각하였네

5. 소각

악몽같이 괴로운 나의 옛 기억!
오오 불살라다오 그대 손으로

내 이제 새사람 되었으니
× ×××가 내 앞에 ×××이로다

—《조선지광》 1928년 3월호～4월호

데모

납덩어리같이 무겁고 괴로웁던 우리들의 마음이
오늘은 어찌하여 이같이 가볍고도 유쾌하냐
오월의 하늘—그 밑에서 부르는 우리들의 노래가
무슨 까닭에 참으로 무슨 까닭에
가슴 울렁거리도록 이같이 즐거웁게 들리느냐

시가市街가 좁다고 먼지 휘날리며 달리던
×××× 자동차와 마차
그것이 오늘의 ×××× 무엇이란 말이냐
보아라 거리와 거리에 모여선 우리 ××××
평소에 묵묵히 일하던 친구들의 오늘을!

가로街路에는 우리들의 데모
옥내屋內에는 경이에 빛나는 저들 ×××
보여주자 저 영리하고도 앞 못 보는 백성들에게
미래를 춤추는 이 군중의 무도舞蹈를!

×××××× 노래와 환호와 박수다
보조. 보조. 보조를 맞춰라
………… ………… …………

오월의 향기로운 공기를 통하여
오오 울리라 우리들의 교향악을

—《조선지광》 1928년 7월호

오후 여섯 시*

오후 여섯 시—

동대문 안 ○○공장에서 나는 '뛰―' 소리가 하루 일에 피로한 서울의 저녁 하늘 우로 퍼질 때

철창문이 열렸다. ××××××○○공장 정문인 철창 무거운 듯이 소리도 없이 열렸다 덕순이! 덕순이! 나의 눈은 무수히 몰려나오는 남녀 직공 틈에서 나의 누이동생을 찾고 있다 덕순이는 우리 단 두 남매 살림의 대장대신大藏大臣이다

나는 밤낮 놀고만 먹는다 나는 비록 내 누이동생에게 대해설망정 그것이 미안하지 않을 수 없다 해서 오늘은 생전 처음으로 덕순이를 맞으려고 신경쇠약 제삼기에 있는 나의 몸을 이끌어 이 공장 문 앞까지 왔다

공장 정문에서 신체검사가 시작되었다. 직공들은 모××××이란 말이냐? 정문 양편에서 주머니 뒷짐을 한다 감추운…… 담배………… 검사원들의 눈알이 붉다 그들의 손은 남직공의 조끼 속과 바지 위를 더듬고 또 여직공의 저고리 위와 치마 근처를 더듬는다 그들의 손이 가는 곳에 만질 데와 못 만질 데가 없다

내 누이동생은 올해 열아홉 살이다 시집도 가지 않은―가지 않았다

---

* '콩트'로 발표되었으나, 산문시적 성격이 강하다고 보아 수록하였다.

는 것보다도 가지 못한 장성한 처녀다 그러나 우리 남매 살림을 위해서 ××을 보지 못하며 날마다 고역을 한다 아아 스물두 살 된 이 덩치 큰 사내자식의 가슴이 아프고나

덕순이가 나오지 않는다! 웬일까? 나는 조수潮水와 같이 밀려나오는 직공들을 본다 우울. 우울. 우울. 그리고 피로. 피로. 피로. 그들의 얼굴이 말하고 있다 여직공 하나가 검사원 앞에 와서 "자— 할 대로 하시오" 하는 듯이 팔을 벌리면서 하복부를 쑥 내어민다 검사원은 마땅히 그럴 일이라는 듯이 그의 전신을 뒤진다. 만진다. 더듬는다. 그의 ×이 그의 ××××지 들어간 것은 물론이다 나의 얼굴에 ×가 올라온다 아아 나의 누이동생은 올해 열아홉 살이다 그는 부끄러워하는 수줍은 계집아이다

××공장 정문 앞에서 수없이 계속되는 人××××여! 나는 오지 아니할 것을 공연히 왔고나

집으로 돌아가면서 옆에서 덕순이가 나에게 묻는다
"오빠두 그이가 내 ××지고 만지는 것을 보셨수?"
나는 대답하지 않았다 나는 공연히 서러웠다
내 누이동생의 쓸쓸하고 의미도 없는 미소가 그의 얼굴에 떠오를 때 거리에는 음악회로 가는………의 계집아이들이 ××과 같이 떼를 지어 지나갔다

—《조선지광》 1928년 9월호

새로운 도시

친구는 보소서 이곳은 새로운 도시
새로운 사람들의 오고감을 보소서
행복에 미소하는 거리의 사나이와 여인
그들의 춤추는 듯한 걸음걸이를 보소서

속박과 굴욕과 가난 그리고 목숨답지 못한 목숨
그것은 벌써 어젯밤의 뒤숭숭한 꿈자리외다
음울하던 그날이 어둠의 장막 안에 사라지고
이제는 아침 새밝은 광명의 아침이외다

친구는 저 건물과 거리를 보소서
일하는 집 놀이하는 집 그리고 규칙적으로 뚫린 골목과 골목
그 사이로 바쁜 듯이 그러나 유쾌한 듯이
오고가는 저 사람들 발자취 소리의 교향악을 들으소서

시기와 투쟁과 음해, 그리고 또 자기의 학대
그것은 벌써 옛날의 이야기외다
사람들이 이제 어린아이와 같이 솔직하여졌으매
그들의 총명한 머리와 고요한 마음을 가리울 아무것도 없사외다

친구는 저 거리에서 들려오는
기꺼운 노랫소리를 들으시나이까

새로운 도시의 새로운 아침 밝고 향기로운 공기를 통하여,
청랑淸朗하게 들려오는 저 백성들의 소리 높은 합창을

—《조선지광》 1929년 1월호

개나리야

개나리야 개나리야
이른 봄 동산 언덕에
누르게 누르게 피는
개나리야

"겨울은 갔어요
이제는 봄입니다"
그윽한 목소리로 알려주는
개나리야

아직도 바람이 쓸쓸하여
세상사람 봄 온 줄을 모를 때
그대만이 외롭게
봄노래 부르는고나

백화百花가 하나도 피기 전에
먼저 외로이 피어서
봄소식 세상에 전하여주는
그대 적막한 꽃 개나리야

야반夜半의 비바람 이리 떼와 같이
소리 지르며 밤하늘을 달릴 때

덧없이 떨어지는 그대의 귀한 목숨
아아 알아주는 이 업고나

그러나 일은 봄 비바람 다 지나간 후
일만 꽃 앞 다투어 땅 위에 필 때엔
떨어져 짓밟힌 그대의 얼굴에
오히려 가느드란 웃음이 떠돌리라

개나리야 개나리야
이른 봄 동산 언덕에
누르게 누르게 피었다가 지는
그대 적막한 꽃 개나리야

―《별건곤》 1929년 4월호

고향 생각

고요한 봄 한낮에 풀밭에 누워
내 자라던 옛 고향 생각을 하니
구름이 아득하여 천리로구나
생각이 아득하여 천리로구나

남쪽으로 날으는 제비를 따라
잊어버린 고향 길 찾아가보자
늙으신 나의 부모 젊은 내 형제
두고 온 나의 고향 잊기 어려워

—《삼천리》 1929년 6월호

목숨
ㅡ병우病友 R을 생각하고

목숨아 그가 너를 부른다
너의 이름을 부른다
목이 찢어지게 부른다
어제도 그리고 또 오늘도……

그러나 목숨은 요염한 계집
그를 돌아다보고 아름답게 웃으며 달아난다
그 맑은 눈동자 그 앵도빛 입술
그 눈과 그 입술이 그를 울리게 한다

누구냐? 그더러 그 사나이더러
그것을 쫓아가지 말라는 것이
그는 가야겠단다 피투성이 된 그의 몸을 이끌어
또다시 거리 위로 진흙의 거리 위로

목숨은 또한 방탕한 자식
해 떨어져 밤 되면 저 가고 싶은 데로만 달아난다
그러나 어찌하랴 그것은 사랑하는 그의 자식!
그는 등불을 켜들고 사랑을 찾으러
진흙의 거리로 나가야겠단다

오오 목숨아 그가 너를 부른다

너의 이름을 부른다
목이 찢어지게 부른다
어제도 그리고 또 오늘도……

―《조선강단》 1929년 12월호

여인
―새로운 시대의 여인 같은 그곳의 그 여인을 노래함

나는 아침마다 그 여인을 본다
아름답고도 총명한 그 여인을 본다
아침 햇빛에 고요한 미소가 그의 입술가에 떠돌 때
나는 진실로 고요한 행복을 느낀다

그 여인은 성내지 아니한다
그리고 언제든지 정답게 이야기해준다
그는 가난한 사람을 업수이 여기지 아니하고
부자를 무서워하지 아니한다

그 여인은 무명 흰옷을 깨끗하게 빨아 입는다
그것은 마치 그의 고운 마음새와 같다
그는 바쁘게 일하면서도 책을 읽으며
사람들을 만날 때 고개 숙여 인사한다

그 여인은 호수같이 고요하고
그 여인은 비단같이 부드럽고
그 여인은 형제같이 정다우며
그 여인은 학자같이 지혜롭다

그 여인에게는 아마 근심이 없나보다
마음속이 하늘같이 비었나보다

눈동자가 맑은 것은 총명한 까닭인가보다
입이 작은 것은 미소하려는 까닭인가보다

나는 아침마다 그 여인을 본다
아름답고도 총명한 그 여인을 본다
그는 바쁘게 일하면서도 책을 읽으며
사람들을 만날 때 고개 숙여 인사한다

—《조선지광》1930년 1월호

너무도 슬픈 사실
─봄의 선구자 진달래를 노래함

날더러 진달래꽃을 노래하라 하십니까
이 가난한 시인더러 그 적막하고도 가냘픈 꽃을
이른 봄 산골짜기에 소문도 없이 피었다가
하루아침 비바람에 속절없이 떨어지는 그 꽃을
무슨 말로 노래하라 하십니까

노래하기에는 너무도 슬픈 사실이외다
백일홍같이 붉게 붉게 피지도 못하는 꽃을
국화와 같이 오래오래 피지도 못하는 꽃을
모진 비바람 만나 흩어지는 가엾은 꽃을
노래하느니 차라리 붙들고 울 것이외다

친구께서도 이미 그 꽃을 보셨으리다
화려한 꽃들이 하나도 피기도 전에
찬바람 오고 가는 산허리에 쓸쓸하게 피어 있는 봄의 선구자
연분홍 진달래꽃을 보셨으리다

진달래꽃은 봄의 선구자외다
그는 봄의 소식을 먼저 전하는 예언자이며
봄의 모양을 먼저 그리는 선구자외다
비바람에 속절없이 지는 그 엷은 꽃잎은
선구자의 불행한 수난이외다

어찌하여 이 나라에 태어난 이 가난한 시인이
이같이도 그 꽃을 붙들고 우는지 아십니까
그것은 우리의 선구자들 수난의 모양이
너무도 많이 나의 머릿속에 있는 까닭이외다

노래하기에는 너무도 슬픈 사실이외다
백일홍같이 붉게 붉게 피지도 못하는 꽃을
국화와 같이 오래오래 피지도 못하는 꽃을
모진 비바람 만나 흩어지는 가엾은 꽃을
노래하느니 차라리 붙들고 울 것이외다

그러나 진달래꽃은 오려는 봄의 모양을 그 머릿속에 그리면서
찬바람 오고가는 산허리에서 오히려 웃으며 말할 것이외다
"오래오래 피는 것이 꽃이 아니라,
봄철을 먼저 아는 것이 정말 꽃이라"고—

—《학생》1930년 4월호

백일몽

거리엔 포플러 잎새 나날이 물들어가고
여름옷 입은 사람들 페이브먼트 위에 오고 가니
아아 시절은 벌써 첫여름 또다시 첫여름
지나간 이 시절의 기억이 아름다운 꿈과 같사외다.

해는 맑게 개인 하늘 위에서 초록빛 버들잎 위에
아름다운 초하初夏 풍경을 그리고 있는데
양지바르고 고요한 넓은 뒤 행길로
나는 꿈꾸는 사람처럼 걸어갑니다.

발자취 소리조차 고요히 길가는 여인
햇빛에 눈부시도록 희고 긴 그의 모시 치마여
이방異邦을 방랑하는 우울한 사나이와도 같이
속절없는 이 몸을 이 마음을 어찌하랍니까.

나의 친구는 모두 우울한 사람들이외다
초록빛 먼 풀밭을 보고도 우는 사람들이외다
잃은 것이 많고 얻을 것이 없어서 그러합니까
길가 날볕에 강아지 한 마리 외로이 앉았습니다.

이미 남쪽 오간 몹시도 외롭던 나의 사람도
불행한 이 나라의 가난한 젊은 여인이외다

채이고 채이듯이 팔리고 팔리던 그의 신세요
그는 부모도 집도 고향도 없는 사람이외다.

이방인의 문화촌 골창 '카—덴' 을 넘어서
피아노 소리 쿵쿵 붉고 붉은 사랑을 노래합니다
아아 모든 것이 없는 우리에게 사랑인들 있겠습니까
납덩어리같이 묵직한 근심이 웃고 있습니다.

잔잔한 첫여름의 바람이 얼굴을 스치고 지나갈 때
초록빛 숲 속 나뭇잎들이 저희끼리 소곤거립니다
양지로 또 그늘로 자꾸 걸어가는 이 사나이의
뒤숭숭한 한낮의 꿈이 끝이 없사외다.

—《조선지광》1930년 8월호

탄식하는 사람들

탄식하는 사람들이 도회에 또 농촌에 있습니다
무수한 노동자와 소작인과 실업군群
일이 너무 고되어서, 또는 너무 없어서
그들은 날로 쇠약해가고 또 우울해갑니다

오오 저주받은 현대의 도회여, 농촌이여
오오 진실로 무수한 '로보트'—
넋 잃은 기계인간들의 탄식이여!
도회와 농촌 거리거리에 그들의 신음소리 들립니다

—《대중공론》 1930년 9월호

정성스러운 마음으로
—새벽 제단에 나아가는 자와 같이

흰 눈이 소리도 없이 땅 위에 나리고
찬바람이 밤마다 들창을 흔들더니
해는 바뀌어 벌써 새해 새아침
새로운 감회가 스스로 이는 때외다

덧없이 지나간 세월이 이제 또 일 년
생각하면 그것은 하룻밤의 꿈자리외다
불행과 고난으로 보내인 세월이 또 일 년
그것은 비틀거리고 걸어간 나의 발자취이외다

그러나 과거는 이미 바람에 불려간 꽃 조각
영원의 잊음바다 위에 띄워버릴 뿐이외다
우울한 얼굴로 그것을 생각하여 무엇하리까
이제 내 앞에는 오직 새해 새아침이 있을 뿐이외다

이 아침에 나는 제단에 나아가는 자와 같이
목욕재계하고 새벽 제단에 나아가는 자와 같이
오직 정성스러운 마음으로—
새해를 신부처럼 맞이할 뿐이외다

악몽 같은 과거는 이 아침에 불살라버리십시다
묵은 때 있거든 이 아침에 깨끗이 씻어버리십시다

그리고 앞날을 바라고 한 걸음 또 한 걸음 나아가십시다
그대와 나, 오직 정성스러운 마음으로―

—《조선일보》 1931년 1월 1일

그 누가 저 시냇가에서

그 누가 저 시냇가에서
저렇게 쓸쓸한 휘파람을 붑니까
그도 아마 나와 같이 근심이 많아
밤하늘 우러러보며 슬픈 곡조를 부나봅니다

그리고 또 저 언덕 위에서는
누가 저렇게 슬픈 노래를 부릅니까
그도 아마 나와 같이 이 밤이 슬퍼
이 별 많은 밤이 슬퍼서 우나봅니다

인생은 진실로 영원한 슬픔의 나그네
포도빛 어둠이 고요히 고요히 밀려와서
별들이 총총 하늘 위에 반짝일 때면
외로운 사람들의 슬픈 노래 여기저기서 들립니다

—《신여성》 1931년 4월호

가을밤 하늘 위에

검푸른 가을밤 하늘 위에
총총히 빛나는 별들을 보고
나는 '자연' 과 '인생' 에 대하여
깊이깊이 생각하여본 일이 있었노라
그러나 그것은 진실로 나에게 있어서
'영원한 수수께끼' 이었노라

비 오는 밤 외로운 방 안에 앉아
시름도 없는 낙숫물 소리를 들으면서
나는 또다시 깊은 생각에 잠기었었노라
그러나 어찌하랴 그것은 역시
'영원한 수수께끼' 이었노라

그 어느 날에 이르러
나는 '과학이다!' 하고 소리쳤노라
진실로 책상을 치며 소리쳤노라
"이것을, 이같이 과학이 있는 것을
나는 헛되이 고생하였노라"—고.

나는 한숨을 그치고
휘파람을 불었노라 그러나
나의 앞에 있는 '자연' 과 '인생' 은

미지수 그대로 남아 있는 것을—

나는 또다시 소리쳤노라
"오직 과학 발전의 힘으로!"
쓸쓸한 반향反響이 고독에 잠긴
나의 방에 일었었노라
그러나 나의 앞에 있는 '자연'과 '인생'은
'커다란 신비' 그대로 남아 있는 것을—

그 후에 이르러 나는 비로소
너무나 큰 '한 개의 신비'인 것을 알았노라
지극히 작은 벌레 하나
지극히 작은 풀잎 하나
지극히 작은 돌멩이 하나
그리고 지극히 작은 씨앗 한 알 속에
숨어 있는 '커다란 신비'를 보았노라

나는 그때에 비로소 큰 목소리로
언덕을 노래하였노라
시내를 노래하였노라
비를, 바람을, 새들을, 꽃들을
바다를, 나무를, 숲들을
'커다란 신비'의 가지가지 모양을
노래하였노라

이제 뜰 앞에 귀뚜라미 우는 시절
나는 작은 귀뚜라미 벗을 삼아
그와 함께 노래하리라
유구한 자연을
또는 짧은 인생을—

—《삼천리》 1931년 9월호

내가 흙을

내가 흙을 사랑함은
그가 모든 조화의 어머니인 까닭이외다.
그대는 보셨으리다, 여름 저녁에
곱게 곱게 피는 어여쁜 분꽃을!
진실로 기적이외다. 그 검은 흙 속에서
어떻게 그렇게 고운 빛깔들이 나오는가
그것은 아무도 모르는 우주의 비밀이외다.

내가 흙을 사랑함은,
그가 모든 조화의 어머니인 까닭이외다.
그대는 보셨으리다. 숲 우거진 동산 위에
먹음직스럽게 열리는 과실들을!
진실로 기적이외다. 그 검은 흙 속에서
어떻게 그렇게 맛있는 실과들이 나오는가
그것은 아무도 모르는 우주의 비밀이외다.

—《시대공론》 1931년 9월호

가로등하풍경 街路燈下風景

이역의 밤 가로등 밑에 외로이 서 있는
긴 치마 그의 모양을 나는 본다
가는 나그네 보내려 말도 없이 서 있는
그 여인의 적막한 모양을 나는 본다

나는 부모도 집도 고향도
아무것도 없다고 하소연턴 그
외로워서 외로워서 못 살겠다고
밤새워가며 하소연턴 그

고달픈 신세 하소연할 곳이 없어
하룻밤 나그네를 붙들고 울고
가슴에 찬 수심 풀 길이 없어
들창가에 서서 슬픈 노래 부르던 그

그가 나그네를 보내는 이 밤에
바람은 슬프게 그의 옷자락에 나부낀다
가로등 밑에 끝까지 우두커니 서서 있는
긴 그의 그림자 너머도 적막하고나

—《신여성》 1931년 11월호

무제음無題吟

사람이 그리워서 울 때가 있습니다
옛 꿈이 그리워서 울 때가 있습니다
어찌하여 내가 이 같이도
'센티멘털' 하여졌는지
그것은 나도 모릅니다

어떤 때는 바다가 그리워서
한없이 푸른 바다가 그리워서
물결만이 우는 바다가 그리워서
바다 생각에 밤 깊어가는 때 있습니다

가로등이 눈물을 머금은
비 오는 여름 저녁의 거리 위를
고개 숙이고 걸어가는 사람이 있습니다
그것은 확실히 나의 '외로운 영혼' 입니다

'보헤미안' 이 부러워서
'코즈모폴리턴' 이 부러워서
'세일러' 가 부러워서
그들의 생활을 그리어봅니다

영원히 꿈꾸는 사람.

낭만주의자. 방랑주의자.
아니외다. 그것도 아니외다
오직 '센티멘털' 할 뿐
하잘것없는 사람이외다.

—《제일선》 1933년 2월호

달밤

1

나무숲 사이로 달이 보입니다.

동편 산언덕 나무숲 사이로, 둥그런 보름달이 보입니다. 초저녁달은 다정한 사람의 미소하는 얼굴인가 봅니다. 그는 나를 보고, 웃고 있습니다.

"저녁 자셨나?"

나는 친구에게 대하는 듯, 반가운 마음으로 그에게 그윽한 인사를 보냅니다.

그러나 그는 아무 말이 없이 오직 웃으며 나를 내려다볼 뿐입니다.

2

생각건대 아마, 나는 외로운 것을 즐기는 사람인가 봅니다. 그러기에 나는 지금 고요한 이 동산 숲 밑을, 홀로 거닐고 있는 게 아닙니까? 그것은 하여간 지금 시원한 여름 저녁 바람은 나의 얼굴을 스치면서 희롱하며 지나가고 저 달은 고요한 미소를 나에게 던져주고 있습니다.

나는 나직한 목소리로, 내가 항상 부르는 내 노래를 부르기 시작합니다. 진실로 나지막하여, 우수수 하는 나뭇잎 소리에도 날아가버릴 듯한 작은 목소리외다. 그러나 달은 어떻게 나의 노랫소리를 들었는지, 나무

숲 속에서 귀를 기울인 채 눈은 나를 보고 웃고 있습니다.

　　3

　은쟁반 같은 보름달의 얼굴을 바라보는 오늘밤의 나는 행복스럽습니다. 나의 근심은 이제 근심답지도 아니하여지고, 거리의 여러 수고스러운 일들이, 또한 하잘것없이 가벼운 웃음거리가 되고 말았습니다.

　나의 가슴속은 지금,
　티끌 하나 없이 깨끗하고,
　오직 가벼운 즐거움이, 홀로 서 있는 나의 마음속을 왕래하고 있습니다.

―《신가정》 1933년 9월호

점경點景

도회.
밤 도회는 수상한 거리의 숙녀인가
그는 나를 고혹蠱惑의 뒷골목으로
교태로 손짓하며 말없이 부른다.

거리 위의 풍경은 표현파表現派의 그림.
붉고 푸른 채색등, 네온사인
사람의 물결 속으로 헤엄치는 나의 젊은 마음은
예술가의 기분 같은 기쁨 속에 잠겨 있다.

쉬일 사이 없이 흐르는 도회의 분류奔流 속으로
내가 여름밤의 조그마한 날벌레와 같이
뛰어들 제. 헤엄칠 제. 약진할 제.
아름다운 환상은 나의 앞에서
끊임없이 명멸하고 있다.

그러나 이윽고 나는 나의 피로한 마음 위에
소리도 없이 고요히 나리는 회색의 눈雪을 본다.
아아 잿빛 환멸 속의 나의 외로운 마음아.
'페이브먼트' 위엔 가을의 낙엽이 떨어진다.

이것은 1933년의 서울

늦은 가을 어느 밤거리의 점경.
기쁨과 슬픔이 교착되는 네거리에는
사람의 물결이 쉬임없이 흐르고 있다.

—《중앙》1933년 11월호

겨울 달

몹시도 추운 겨울밤이었습니다
밖에는 눈이 소리도 없이 나리고
방 안에는 외로운 그 사람이 앉아
말없이 화롯재 위에 글씨를 썼습니다.

썼다가는 지우고 지우고는 또 쓰고
밖에는 겨울 달이 싸늘도 하게
건너편 산모롱이 위에 걸려 있는데
방 안에는 무거운 침묵이 떠돌고 있었습니다.

이윽고 나는 나 혼자 일어나서
들창으로 깊어가는 밤을 내다보았습니다
유리에 부딪쳐 부서져 떨어지는
흰 눈이 푸른 달빛에 슬프게 보였습니다.

말없이 화로 위에 글씨만 쓰고 있던
그 사람은 지금 먼 곳에 가서 있습니다
복된 생활이 그에게 있으라고 비는 것은
대개 겨울 달이 산모롱이 위에 걸린 밤입니다.

—《신동아》 1933년 12월호

하루의 과정

동편 들창에 비최이는 여명.
하룻밤 안식에 만족한 '기지개' 여—
칫솔을 입에 물고 뜰에서 보는 하늘
묵묵한 중에 하루의 출발을 준비하노니

거리엔 지금이 '러시아워'
붉은 볼에 행복을 미소하는 젊은 남녀의
오고 가는 발자취 소리 여기저기서
아침의 아름다운 행복을 노래하고 있다.

그러나 이윽고 정오의 '사이렌' 이 울고 나서
해가 어느 결엔지 서편 하늘로 기울어졌을 때
'비즈니스' 에 상기된 '샐러리맨' 들은
오후 네 시의 권태를 오늘도 절실히 체험하며.

전등이 어여쁜 소녀의 샛별 같은 눈처럼
영롱하게 시가市街의 야경을 장식하기 시작할 때
하루의 고역에 넋을 잃은 얼굴 검은 일꾼들은
맥없는 걸음걸이로 가난한 보금자리를 찾아간다.

네온사인! 그것은 한 개의 슬픈 풍경.
일없이 거리를 방황하는 수많은 '룸펜' 이여

도시의 사람을 유혹하는 향락의 밤이 깊어갈 때
그대와 나의 헛되인 탄식을 어찌하려는가?

그러나 안식의 밤이 고요히 고요히
하잘것없이 작고 외로운 그대와 나의 지붕 위에서
소리도 없이 새어갈 때 우리는 가난한 그대의
침상 속에서 또다시 '희망의 내일'을 꾸미고 있다.

—《중앙》1933년 12월호

희망

희망은 동편 하늘의 아름다운 무지개
아름답게 비취되, 또한 잡을 길은 없고나
가도 가도 끝없는 영원한 나그네 길에
명멸하는 저 희망의 무지개여!

희망은 짧은 봄밤의 아름다운 꿈
아름답긴 하되, 또한 깨어지기 쉽고나
비바람에 덧없이 흩어진 봄밤의 꽃같이
사라진 희망의 옛 자취 어디서 찾으려는가.

그러나 희망은 또한 새로운 '삶' 의 힘
쌓고 또 쌓는 인류 구원久遠의 '바벨' 탑!
무너지되 다시 쌓고 또 쌓는 곳에
한없는 정전征戰의 기쁨이 있나니.

실제失題[*]

친구께서는 길을 가시다가
길가의 한 포기 조그마한 풀을
보신 일이 있으실 것이외다.
짓밟히며, 짓밟히면서도
푸른 하늘로 작은 손을 내어저으며
기어이 기어이 살아보겠다는
길가의 한 포기 조그마한 풀을.

목숨은 하늘이 주신 것이외다.
누가 감히 이를 어찌하리까
푸른 하늘에는 새떼가 날으고
고요한 바다에 고기떼 뛰놀 때
그대와 나는 목숨을 위하여
땅 위에 뒹굴고 또 뒹굴 것이외다.

—《조선문학》1934년 1월호

---

* 『여수시초麗水詩抄』에서는 「목숨」으로 제목을 바꾸었음.

병상病床

병들어 누워 있는 그대를 생각하며
나는 나의 책상 앞에 눈감고 앉아 있다.
밤. 고요한 밤. 정다운 사람이 그리운 밤.
항상 외로운 그대의 베갯머리에는
지금쯤 그대 위로할 누구나 와서 있는가.

병들어 누워 있는 그대를 생각하며
나는 외롭게 지금 혼자 앉아 있다.
밤. 쓸쓸한 밤. 바람 소리 들리는 밤.
가엾다, 뜻과 같지 못한 세상일에
가슴 조이다가 병든 순정의 젊은 그대여!

—《조선문학》 1934년 1월호

근영수제 近咏數題

1. 스스로 생각건대

스스로 생각건대 나는 한 개의 방랑아放浪兒.
고향을 잃어버린 나의 유랑의 마음은
거리 등불 깜박이는 도회의 한밤에
지향 없는 걸음을 동서로 걷고 있나니

2. 가로등은

가로등은 나와 사귀인 지 오래인 친구
비 오는 밤에는 그의 눈에도 눈물이 흐른다
실의의 사람들이 많은 이곳 이 거리에 서서
그는 비 오는 밤이면 언제든지 눈물 흘리고 있다.

3. 지나다가

지나다가 거리에서 본 곡마단 풍경은
병든 문명의 조그마한 그림일러라
날라리 북소리는 오히려 슬프게 들리고
재주 파는 계집아이 말 옆에 울고 섰나니.

4. 오고 가는 행인들도

오고 가는 행인들도 말없이 묵묵하고
지나가는 '개' 조차 조심스레 걷는 거리
이 거리를 겁 없이 달리던 젊은 그대의
모양을 지금은 거리에서 볼 수 없다.

5. 청계천 냇가에

청계천 냇가에 고요한 어둠이 오면
언덕 위의 초가집 들창에는 '불'이 켜진다.
흐르는 물소리조차 애처로운 밤인데
그대는 지금쯤 누구로 더불어 있느뇨.

—《중앙》1934년 1월호

하야풍경 夏夜風景*

여름 저녁 거리 위로
사람의 물결이 쉬임없이 흐른다.
가로수 잎사귀 너울너울 슬프게
여름밤 도회의 풍경을 그린다

나의 마음은 붉은 등불 항구를 그리는
물결만이 우는 적막한 바다의 수부水夫
가라앉지 못하는 젊은 마음을 안고서
여름밤 도회의 거리를 헤매이노니

그대는 듣는가 저 들창을 새어서
가늘게 떨려나오는 '기타'의 곡조를
울면서 간 그가 이 밤에 보고 싶다
그대여 슬픈 그의 이야기라도 들려다오

—《조선중앙일보》1934년 6월 11일

* 『여수시초』에서는 「여름 저녁 거리 위로」로 제목이 바뀌고 다소의 개작이 이루어진다. 뒤에 따로 실었다.

길손

길손—그는 한 코즈모폴리턴
아무도 그의 고국을 아는 이 없다
대공大空을 날으는 '새'의 자유로운 마음
그의 발길은 아무 데나 거칠 것이 없다

길손—그는 한 니힐리스트
그의 슬픈 옷자락이 바람에 나부낀다
쓰디쓴 과거여 탐탁할 것 없는 현재여
그는 장래의 '꿈'마저 물 위에 떠보낸다

길손—그는 한 낙천주의자
더 잃을 것은 없고 얻을 것만이 있는 그다
나라와 명예와 안락은
그가 버림으로써 다시 얻는 재산이리라

길손—그대는 쓰디쓴 입맛을 다신다
길손—그대는 슬픈 대공의 자유로운 '새'다

—《조선중앙일보》1934년 7월 30일

가을

1. 단풍

산허리를 붉게 붉게 물들인 단풍을
나는 무심히 보고 지난 때 있었노라
그러나 이제 내 다시금 생각하노니
그것은 타는 듯한 그들의 열정인 것을.

2. 낙엽

땅 위에 떨어져 궁구는* 낙엽을 보고
조락의 가을을 오직 탄식하는 그대여!
궁구는 그 소리에 귀를 기울이라
자연은 다시 겨울과 봄을 약속하리니.

3. 국화

이 꽃 피인 후에 다시 꽃이 없어
가을을 마지막 장식하는 그대여

| * '구르는'의 뜻을 가진 방언.

찬 서리에 받는 괴롬 얼마나 하뇨
무심한 벌레조차 밤새워 우네.

4. 기러기

기러기 기럭기럭, 어디로 가느뇨
밝은 달 등대 삼아 무슨 바다 건너느뇨
남국에서 추방되어 정처 없이 감이뇨
북국에 두고 온 사랑 찾아 감이뇨.

5. 귀뚜라미

가을밤 고요하여 귀뚜라미 소리 들린다
울다가 끊겼다가 끊겼다가 또 울다가
등불 밑에 보던 책 덮어놓고 귀를 기울여
이 밤에 우는 작은 벌레 마음 생각하노니.

—《신가정》 1934년 10월호

또다시 님을 그리움

내 이제 마음에 병든 사나이 되어
고요한 밤 시냇가에서 다시 이 노래를 부르노니
친구여 나의 괴로움 살피소서
잊자 잊자 하면서도 못 잊는 님이외다

세상에 사랑이란 무엇이오니까
한 번 주고받은 그 사랑의 마음과 마음
아아 천리를 격隔하여 이제 또 해를 넘기되
그를 잊을 길 바이 없사외다

흐르는 시냇물도 이 사나이 마음을 아는지
흐르는 그 소리 우는 듯 느끼는 듯
산머리 외로운 초가집의 반딧불조차
그 눈의 눈물을 머금은 듯하외다

님께서 진실로 불행하시외다
가난살이 십 년에 또 가난한 사나이 만나셨으니
가난 없는 세상이 없사오리까
죄 없는 사람 울리는 원수의 가난이외다

고요한 밤 외로운 방에서 내 이리 생각도 하였사외다
"사랑을 버리자 그것은 작은 일

연분홍빛 꽃수건 불살라버리자"
그러나 슬픈 일이외다 이 마음을 불사를 수 없사외다

한 번 났다가 한 번 없어질 이 한 목숨
그것이 그렇게 아깝지는 아니하외다
큰일에 바치라면 바치겠사외다
마는 괴로워 웃는 허튼 웃음 말리지 마소서

—《사해공론》 1935년 5월호

실제失題

나는 그대의 종달새 같은 이야기를 사랑한다
그러나 보다도 더 그대의 말없음을 사랑한다
말은 마침내 한 개의 조그만 아름다운 장난감
나는 장난감에 싫증난 커가는 아이다.

말보다는 그대의 노래를 나는 더 사랑한다
진실로 그윽하고도 황홀한 그대의 노래여!
붉은 노을 서편 하늘에 비끼는 여름 황혼에
그대의 부르는 노래 얼마나 나를 즐겁게 하느뇨.

노래에도 싫증날 때 그대는 들창가에 기대어 침묵한다
아아 얼마나 진실하고도 화려한 침묵인고!
나는 말없이 서 있는 아름다운 그대의 창 너머로
여름 황혼의 붉은 노을을 꿈과 같이 동경한다.

—《시원》 1935년 8월호

두옹찬 杜翁讚

전설과 경이의 북국北國—그 지하에 영원히 잠든 인생의 진실한 탐구—그를 이날에 생각한다. 우리에게 "우리는 마땅히 무엇을 해야 할 것인가"를 경건한 목소리로 가르치던 그를 이날에 생각한다.

그는 일찍이 교회에서 파문당한 무신론자, 그에게는 '신神' 대신에 오직 '진리'가 있었다. 그는 과감하게 일체 전통의 교의敎義를 검토하고 새로운 '자유와 평화의 인생'을 탐구하였다.

그리고 그는 동시에 위대한 고민의 행자! 주름살 천 가닥 만 가닥 된 백발의 그 얼굴을 보라! 모든 선구자와 같이 그도 또한 한 개의 수난자이매 우리 고민을 대신 고민한 그를 어찌 잊을 수 있으랴.

고민하는 인생들의 축복이 이날 그대에게 있으라 북국의 지하에 영원한 안식과 평화가 있으라 이날—그대에게 배운 바 많은 이 땅 조선의 문학청년인 우리도 고요한 묵상을 그대에게 보낸다.

—《조선중앙일보》 1935년 11월 20일

가을밤

가을밤의 적요寂寥가 나의 심장으로
찬물과 같이 스며든다

흰 연꽃의 한 조각이 소리도 없이
찬 돌 포도鋪道 위에 떨어지는
전에 없던 꿈을 꾸고 깨인 가을밤 오전 세 시

새로운 예지가 나의 머릿속에
투명한 수정과 같이 떠오르는 듯도 하다

이맘때쯤, 가난한 지붕 밑에 밤새워 앓는
어느 외로운 홀어머니 아들의 더운 머리도
싸늘하게 식고 비로소 정신을 차려 눈을 뜰 때다

—《삼천리》1935년 12월호

연설회의 밤

연설회의 밤에 사람들은 물결과 같이
넓은 회관 아래위층을 쓸어 덮고 말았다
그들은 연설을 듣지 아니하고서도
벌써 잠잠한 흥분에 눈을 번득이고 있다.

어찌 연사의 구구한 변설을 기다려서 알랴
우리들은 말없는 중에 이미 모든 것을 잘 알고 있다
민중이 지금 무엇을 요구하고 있으며
그대들 연사가 또한 무엇을 호소하려는가를!

연단을 치며 소리를 높이지 않아도 좋고
거침없이 말을 쏟아놓지 않아도 좋다
혹 그대와 같이 고요한 중에 작은 목소리라도
속임 없는 현실을 대담히 호소하면 좋다.

설령 그대가 어떠한 고장으로서
할 말을 못하고 나려왔더라도 좋다
우리는 그대가 하려던 말이 무엇인가를
분명히 또 역력히 잘 알고 있으므로.

사람들의 마음이 끓는 물처럼 용솟음치고
그대들의 흥분이 붉은 장미와 같이 피어갈 때

우리는 진실로 행복스런 순간을 갖는다
오오 지금 감격과 희망*에 운다.

(그날 밤 아름다운 연사들에게 이 노래를 보내노라)

—《조선중앙일보》1935년 12월 8일

| * 원문에는 '망회'로 되어 있다.

승리의 봄

친구여! 그대는 아직도 기억하리라.
'겨울의 폭위暴威'가 온 세상을 완전히 정복하였을 때
모든 생령이 숨을 죽이고 그 폭위 밑에 전율할 때
그대는 절망의 심연에서 소리쳐 통곡하였다.
하늘을 우러러 절멸되려는 목숨들을 붙들고 한없이 통곡하였었다.

그리고 친구는 또 기억하리라.
그 무서운 열풍과 설한雪寒에 쫓기어
연약한 목숨들은 바위틈 땅 밑으로 숨어들고
온 세상은 오직 폭한과 같이 날뛰는 눈보라 속에
숨죽이고 완전히 사멸한 거 같지 않았던가?

그러나 자연의 힘은 마침내 어느 틈엔지
천만 년이나 지속할 것 같던 겨울의 폭위를 쫓고
우리도 모를 사이에 산과 언덕과 들에
생명의 소생을 재촉하는 다정한 봄바람을 보내어
"일어나라 일어나라! 봄이 왔다!" 깨워 일으킨다.

아아 크나큰 자연의 힘이여!
그것은 마침내 모든 생명을 붙들어 일으키고야 말았다.
그 열풍! 그 설한이 지금 어느 구석에 가 있느뇨?
그 폭위! 그 자행恣行이 지금 어디 가서 숨어 있느뇨?

모든 생령은 이제 오래인 칩복蟄伏에서 머리를 들고 일어났다.

봄은 마침내 우리를 찾아오고야 말았다.
봄은 마침내 우리에게 돌아오고야 말았다.
자연은 마침내 우리들의 승리를 선언하고야 말았다.
오오 봄. 봄. 소생의 봄. 갱생의 봄.
산과 언덕과 들에 꽃피고 새소리 들리니
봄은 이제 완전히 승리자의 봄이다.

—《문학》 1936년 1월호

선구자

나아가는 곳에 광명이 있나니
젊은 그대여 나아가자!
오직 앞으로 앞으로 또 앞으로
가시덤불 길을 뚫고—

비록 모든 사람이 주저할지라도
젊은 그대여 나아가자!
용기는 젊은이만의 자랑스런 보배
어찌 욕되게 뒤로 숨어들랴.

진실로 나아가는 곳에 광명이 있나니
비록 나아가다가 거꾸러질지라도
명예로운 그대, 젊은 선구자여
물러섬 없이 오직 나아가자!

—《중앙》 1936년 2월호

봄

봄은 이른 봄 밤하늘을 달리는
수선스런 바람을 타고 오려나보다
땅속의 숨어 있던 생명의 싹들이
사르르 고개를 들기 시작할 때.

봄은 남국의 눈 언덕을 넘어서
화려한 수레를 타고 오려나보다
얼음에서 풀리는 시냇물들이
봄 이야기 속살대며 흘러내릴 때.

그렇다! 봄은 이제 어지신 어머니와 같이
많은 목숨들 위에 은혜로운 나래를 펼 게다
나는 그것을 조금도 의심하지 않는다
비록 지금은 찬바람이 살을 에이더라도.

—《중앙》 1936년 3월호

사월

종달새 하늘에 노래하고
시냇물 흐르며 춤추는 시절
청춘과 희망의 사월은 왔다
근심을, 그대여 물 위에 떠보내자

누른빛 개나리꽃 봄소식 전한 후
울 뒤엔 살구꽃이 지금이 한창
까닭 없이 드을 길이 걷고 싶고나
근심을, 그대여 바람에 날려보내자

고목나무도 파릇파릇 피어나고
꾀꼬리 수풀 속에 울음을 울 때
나는 다시 산으로 어린아이 되어 가련다
근심을, 그대여 언덕 위에 내어던지자

—《중앙》1936년 4월호

청춘송靑春頌

나는 그대를 사랑합니다
거기에는 아무런 이유가 없고
오직 그대가 붉은 얼굴, 청춘인 까닭에
나는 그대를 한없이 사랑합니다.

생각건대 청춘은 인생의 보배―
무엇을 바치고 그것을 얻으오리까
황금이리까 명예오리까 지식이오리까
아무것으로도 그것을 얻지는 못할 것이외다.

그러나 그대는 이 보배로운 청춘을
어떻게 또 무엇에 바치시렵니까
때는 계절의 청춘―훈풍의 오월
그대의 붉은 두 볼이 능금처럼 익어만 갑니다.

―《중앙》 1936년 5월호

무제 無題

가도 가도 끝이 없는 바닷길은
생각건대 인생의 험하고도 긴 항로航路
포구浦口를 떠난 외롭고도 작은 우리의 배여
어이 가려나 저 무서운 파도 위로!

그러나 굽이치는 무수한 파도의 그 뒤
바다 저편엔 유월의 태양이 빛나고
향기 높은 풀숲에 녹음 우거진 대륙이 기다린다
그대와 나 어이 물러서랴 크나큰 우리 희망을 버리고.

비록 산더미 같은 파도가 이리 떼처럼 몰려오더라도
겁 없는 젊은 사공처럼 그대여 팔을 뽐내어보자
차라리 물결 높은 바다 속 깊이 사라질지언정
내 또 어이 물러서랴, 다만 욕된 목숨 하나 위하여.

—《중앙》 1936년 6월호

시냇물

시냇물은 여름의 황혼이 즐거운 듯이
춤을 추며 풀 향기를 물 위에 싣고 흐르네
냇가에는 이름 모를 날벌레들이 날고
냇가에는 어린 동무들이 재재거리며 놀고.

어려서는 냇가에서 밤 깊은 줄을 몰랐고
자라서는 냇가에서 슬픈 노래를 배웠네
아아 이제는 청춘도 한 고비—넘으려는데
또 나는 냇가에서 무엇을 명상만 하고 있느뇨.

냇물이 흐르고 흐르고 또다시 흘러서
어느 아름다운 아침에 큰 바다로 들어가듯이
그대와 나, 오래고 험난한 정전征戰의 길 위에도
바다는 마침내 오고야 말을 날이 있을 것을.

—《중앙》1936년 7월호

바다의 팔월

팔월. 즐거운 바다의 팔월.
청춘이라 바다를 사랑한다
시원한 바람에 높이 돛을 달자
바다엔 푸른 물결이 수없이 설렌다.

굽이치는 저기 저 물결. 물결.
우리의 동경憧憬인 저 아득한 수평선
기쁜 노래를 높이 마음껏 부르자
흰 갈매기, 푸른 물결 위에 날은다.

해변 모래언덕에 잠시 그대와 나는
한가한 인어人魚처럼 젊은 육체를 누이고
팔월 한낮의 바다 풍경을 즐기자
크나큰 자연의 품속에 모든 것을 잊고.

—《중앙》1936년 8월호

무제 無題

달 밝고 기러기 우는 가을밤이여 오라
나는 소리 없이 지는 낙엽의 동산을 거닐면서
스스로 돌이켜 내 생활의 내용을 살피리라
과연 나는 사는 보람 있는 '삶' 을 사는가?

쓸쓸한 바람에 날려 떨어지는 단풍잎조차
붉게 물들고 아름답게 그 마지막을 장식하고
풀숲에 소문 없이 핀 가냘픈 들국화조차
희고 깨끗하게 한때는 피었다가 지거늘.

나는 과연 세상에 났던 보람이 있게 사는 것인가
나는 과연 부끄럼 없는 '삶' 을 사는 것인가
달빛 어린 들창가 벌레 우는 가을밤에
나는 새로운 출발을 위하여 마음을 가다듬으련다.

―《중앙》 1936년 9월호

소복 입은 손님이 오시다

나는 아무 말씀도 하고 싶지 않습니다.
이리 꾸미고 저리 꾸미는 아름다운 말
그 말의 뒤에 따를 거짓이 싫어서
차라리 나는 아무 말씀도 안 하렵니다

또 나에게 지금 할 말씀이 있습니까
모든 것은 나보다도 그대가 더 잘 아시고
또 모든 것은 하늘땅의 신명이 아시고
그뿐입니다— 드릴 말씀이 없습니다

낙엽이 헛되이 거리 위로 궁굴러 가더니
전이나 다름없이 소복 입은 손님 겨울이
고독에 우는 나의 들창문을 흔듭니다
나는 또 헛되이 이 밤을 탄식만 하고 있습니다

종이 위에가 아니라 나는 지금
마음속에 기록하고 있습니다
방 안에는 무거운 침묵이 떠돌고
거리 위에는 지금도 눈보라가 치고 있습니다

—《삼천리》1939년 1월호

실제失題

사랑은 사람을 바보를 만드나보다

넋을 잃고 먼 산을 바라다도 보고
남의 이야기를 귓가으로 흘려도 버리고
턱을 고이고 앉아 혼자 한숨도 쉬이고.

또 사랑은 사람을 겁 있게도 하나보다

밤바람 소리에도 소스라쳐 깨어
그의 발자취 소리인가 놀라기도 하고
죄 없이 가슴을 두근거리기도 하고.

사랑에는 싱싱하던 몸도 여윈다

말자면서도 그이 생각으로
한밤을 꼬박이 새이기도 하고
입맛 없어 병인처럼 못 먹기도 하고.

사랑 병에는 쓸 약조차 없다.

―《조광》1939년 2월호

선죽교善竹橋

선죽교 돌난간에 기대어 서서
오백 년 옛 꿈에 해가 저문다.
전하는 그 이야기 참말인 양 여기어
불그레한 돌문을 다시 한 번 보노니.

가되 자취 없는 것이 모든 목숨이런가?
돌다리 밑엔 냇물조차 마르고,
비석의 글자 홀로 나그네를 부른다.
슬픈 고장이여, 내 또다시 찾으리라.

—『여수시초』(박문서관), 1940년 3월

새해

눈이 나립니다.
소리도 없이 나려 쌓입니다.
새해, 새날— 그대와 나의
깨끗한 마음, 저 흰 눈 같사외다.

이 새날 아침에 나는
그대의 행복을 빌겠습니다.
정성스러운 마음으로
고개 숙이고 빌겠습니다.

그대의 온갖 일에
새해가 오소서! 새날이 오소서!
창밖의 눈은 쌓이고 쌓여
겨울밤이 자꾸자꾸 깊어갑니다.

—『여수시초』(박문서관), 1940년 3월

도회정조 都會情調

도회는 강렬한 음향과 색채의 세계
나는 그것을 얼마나 사랑하는지 모른다.
불규칙한 직선의 나열, 곡선의 배회,
아아 표현파表現派의 그림 같은 도회의 기분이여!

가로에는 군악대의 행렬이 있다.
둥, 둥, 두리둥둥, 북소리와 북소리의 전투
제금*과 날라리의 괴로운 음향은
바람에 퍼덕거리는 기旗 밑에서 난조亂調로 교차된다.

보아라, 저 사층 벽돌집 밑에는
사흘 굶은 노방路傍의 음악가가 사현금을 턱에 걸고
깡깡, 끼끼, 목 찢어지는 소리를 한다.
그의 주위에는 된 놈, 안된 놈, 모두 모여 섰다.

전차가 그 거대한 몸을
평행선의 궤도 위로 달릴 때
차 안에 앉은 수리학자 아인슈타인의 제자는
평행선의 궤도가 무한의 종국終局에 가서 교차될 것을
몹시 근심하고 앉아 있다.

| * 현악기의 일종.

직선과 사선, 반원과 타원의 선과 선,
도회의 건물들은 아래에서 위로 불규칙하게 발전한다.
육층 꼭대기 방에 앉은 타이피스트는
가냘픈 손으로 턱을 고이고 한숨 쉬이고 있다.

문명기관의 총신경이 이곳에 집중되어
오오! 현대문명이 이곳에 있어.
경찰서, 사법대서소, 재판소, 감옥소, 교수대,
학교, 교회, 회사, 은행, 사교구락부, 정거장,
실험실, 연구소, 운동장, 극장, 음모단의 소굴,
아아 정신이 얼떨떨하다.

아침에는 수없는 사람의 무리가 머리를 동이고
일터로! 일터로! 밥 먹을 자리로
저녁에는 맥이 풀려 몰려나오는 사람의 무리가
위안을 구하려, 향락장으로 향락장으로!
연극장과 도박장과 유곽과 기생집은
한 집도 빼놓지 않고 만원이다.

기생이 인력거 위에 높이 앉아
값비싼 담배를 피우면서 연회장으로 달릴 때,
순사는 다 떨어진 양복에 헬메트를 쓰고
네거리에서 STOP과 GO를 부른다.
거미 새끼들같이 모였다 헤어지는
상, 중, 하층의 각 생활군群을 향하여.

어떻든 이 도회란 곳은
철학자가 혼도昏倒하고 상인이 만세 부르는 좋은 곳이다.
그 복잡한 기분과 기분의 교류는
어느 놈이 감히 나서서 정리하지를 못한다.
마치 그는 위대한 탁류의 흐름과 같다.

그러나 비 오는 저녁의 고요한 거리에는
비스듬한 장명등長明燈이 높은 전신주 밑에서 조을고,
환락을 구하는 친구들이 모두 방 안에 들었을 때
거리에는 아스팔트 인도 위에 가느다란 비가 나린다.
외로워서 외로워서 우는 것 같이
그것은 히스테리 환자, 눈물 흘리는 것 같아서
짜긋하고 가슴 빠근한 엷은 비애를 느끼게 한다.
그것도 역시 사랑할 도회의 일순간이 아니오.

—『여수시초』(박문서관), 1940년 3월

태양을 등진 거리 위에서

나는 오늘도
단 하나밖에 없는 나의 단벌 '루바시카'*를 입고
황혼의 거리 위로 걸어간다.
굵은 줄로 매인 나의 허리띠가
퍽도 우악스러워 보이는지
'불독' 독일종 강아지가
나를 보고 쫓아오며 짖는다.
'짖어다오! 짖어다오!'
내 가슴의 피가 너 짖는 소리에
조금이라도 더 뛰놀 것이다.

나는 또 걷는다.
다 떨어진 병정구두를 끌고
태양을 등진 이 거리 위를
휘파람을 불며 걸어간다.
내가 쓸쓸한 가을 하늘을 치어다보고
말없이 휘파람만 불고 가는 것은
이 도성의 황혼이
몹시도 적적한 까닭이라.

| * 러시아 남자가 착용하는 블라우스풍의 상의.

그러하되 몇 시간 후에
우리가 친구들로 더불어 모여앉아
기나긴 가을밤을 우리 일의 토론으로 밝힐 것을 생각하매
나의 가슴은 젊은 피로 인하여 두근거린다.
"나의 젊은 사나이다!"
하고 주먹이 쥐어진다.

조락의 가을이 오동나무 잎에
쓸쓸한 바람을 불어 보낸다.
"오오! 옛 도시 서울의 적요한 저녁 거리여!"
그러나 이는
감상적 시인의 글투!
우리는 센티멘털하게 울지 않기로 작정한 사람이다.

그렇기는 하나 역시 우리 눈에도
시멘트로 깔린 인도 위에
소리 없이 지는 버드나무 낙엽이 보인다.
울기 잘하는 우리 친구가 보았던들
그는 부르짖었으리라,
"오오! 낯모르는 사람 발밑에 짓밟힌
이 거리의 낙엽이여!" 하고—
그러나 지금은 이 고장 시인들이 넋이 빠져
붓대를 던지고 앉았으니
울 사람도 없다. 노래할 사람도 없다.
(아아, 나는 모른다.)

이 땅이 피로한 잠에 깊이 잠겨 있음이라.

나는 고개를 숙이고 생각한다.
그저 걸어가자
설움과 희망이 뒤범벅된
알지 못하게 뻐근한 이 가슴을 안고
가는 데까지 가보자고……
숭례문― 가을의 숭례문이여,
그대는 무엇을 묵묵히 생각만 하고 있느뇨?

—『여수시초』(박문서관), 1940년 3월

인천항仁川港

조선의 서편 항구 제물포 부두.
세관의 기旗는 바닷바람에 퍼덕거린다.
젖빛 하늘, 푸른 물결, 조수潮水 내음새,
오오, 잊을 수 없는 이 항구의 정경이여.

상해로 가는 배가 떠난다.
저음의 기적, 그 여운을 길게 남기고
유랑과 추방과 망명의
많은 목숨을 싣고 떠나는 배다.

어제는 Hongkong, 오늘은 Chemulpo, 또 내일은 Yokohama로,
세계를 유랑하는 코즈모폴리턴
모자 빼딱하게 쓰고, 이 부두에 발을 나릴 제.

축항築港 카페에로부터는
술 취한 불란서 수병의 노래
"오! 말세이유! 말세이유!"
멀리 두고 와 잊을 수 없는 고향의 노래를 부른다.

부두에 산같이 쌓인 짐을
이리저리 옮기는 노동자들
당신네들 고향이 어데시요?

"우리는 경상도" "우리는 산동성"
대답은 그것뿐이로 족하다.

월미도와 영종도 그 사이로
물결을 헤치며 나가는 배의
높디높은 마스트 위로 부는 바람,
공동환共同丸의 깃발이 저렇게 퍼덕거린다.

오오 제물포! 제물포!
잊을 수 없는 이 항구의 풍경이여.

—『여수시초』(박문서관), 1940년 3월

나를 부르는 소리 있어 가로되

고요한 봄날에 내가 꽃동산에서
그립던 님을 만나 사랑을 노래할 때에
동산 밖에 나를 부르는 소리 있어 가로되
"손에 든 꽃다발 땅에 던지고
나아오라, 어서 우리들의 거리로
거리에선 사람들이 울고 있노라."

내가 여름의 석양 고요한 호숫가에서
붉은 노을에 취하여 한가히 거닐고 있을 때
등 뒤에 나를 부르는 소리 있어 가로되
"아름다운 공상을 물 위에 던지고
나아오라, 어서 우리들의 거리로
거리에선 사람들이 기다리고 있노라."

달 밝은 가을밤에 내가 오동나무 그늘에서
떨어지는 잎새들을 보고 울고 섰을 때
등 뒤에 나를 부르는 소리 있어 가로되
"눈물에 젖은 수건 불살라버리고
나아오라, 어서 우리들의 거리로
거리에는 친구들이 모여 있노라."

눈보라 치는 겨울에 내가 광야에 서서

갈 길을 잃고 외로이 헤매일 때에
등 뒤에 나를 부르는 소리 있어 가로되
"없는 길에서 길을 찾지 말고
돌아오너라, 어서 우리들의 거리로
거리에선 친구들이 기다리고 있노라."

—『여수시초』(박문서관), 1940년 3월

여름 저녁 거리 위로

여름 저녁 거리 위로
사람의 물결이 쉬임없이 흐른다.
가로수 잎사귀 너울너울 슬프게
여름밤 도회의 풍경을 그린다.

　　이 밤에 슬픈 노래가 듣고 싶다.
　　이 밤에 슬픈 이야기가 듣고 싶다.

나는 붉은 등불 항구를 그리는
물결만이 우는 적막한 바다의 수부,
가라앉지 못하는 젊은 마음을 안고
여름밤 도회의 거리를 헤매인다.

　　슬픈 노래가 듣고 싶어서.
　　슬픈 이야기가 듣고 싶어서.

친구는 듣는가 저 들창을 새어서
가느다랗게 떨려나오는 '기타'의 곡조를
아아 울면서 간 그가 이 밤에 보고 싶다.
그 여인의 어여쁜 모양이 이 밤에 보고 싶다.

　　아아 슬픈 노래를 불러다오!

이 밤에 슬픈 이야기를 하여다오!

—『여수시초』(박문서관), 1940년 3월

곡마단 풍경

아가씨야!
곡마단의 조그마한 아가씨야!
조선의 추운 하늘 밑에
떨면서 울면서 재주를 파는
이국의 가난한 조그마한 아가씨야.

조선의 겨울은 춥다.
남국에서 자라난 그대의 몸은
지금 얇은 한 겹 옷 밑에서
사시나무처럼 떨고 있다.
떨려서 떨려서 견딜 수 없지?

아가씨는 훌쩍훌쩍 운다.
고향에 두고 온 꿈이 그리워 우나?
조선의 겨울 하늘이 가이없어 우나?
소리 내어 울지도 못하고
눈물 머금고 훌쩍훌쩍 운다.

이것은 어느 추운 겨울밤.
날라리조차 처량히 들려오고
깃발조차 슬프게 퍼덕거리는
유랑의 나그네 어느 곡마단의 풍경.   ─『여수시초』(박문서관), 1940년 3월

조선의 여인이여

조선의 여인이여!
들으소서, 내 이제 그대의 이름을 부르나니
이 땅에 사시는 어머니여! 누이여!
그대는 너무도 적막하신 분이외다.

고개를 수그리고 말없이 길 걷는
조선의 여인이여! 이 땅의 여인이여!
그대의 얼굴은 너무도 우울하외다.
웃어주소서, 미소라도 하여주소서.
수그리신 그 얼굴 들어라도 주소서.

그대들의 고운 마음
그것을 무엇에 비기오리까?
마는 그대는 웃으실 줄 모르시나니
바다 건너 시악시들처럼 한 번 웃어주소서.

아아 오래인 우울,
견디기 어려운 우울이외다.
이제 새날이 올 것이오니
그때엔 행복에 고요히 웃어주소서.

—『여수시초』(박문서관), 1940년 3월

가을

하늘 위에는 뭇별, 밤바다 총총해가고
땅 위에는 나뭇잎, 소리 없이 흩어지니
아아 이제는 가을, 풀숲과 풀숲엔
긴긴밤 울어 새이는 벌레 소리 요란하다.

보아라, 저 책상머리에 비추인 달그림자
사람을 끝없는 환상의 나라로 이끌고
뜰 앞 오동나무에는 바람이 우수수
오동잎새 땅 위에 시름없이 지나니.

그렇다! 가을은 조락과 감상의 시절,
그리고 또 진실로 고요한
'생각의 시절!'
책상머리에 등불을 밝히고
단정히 앉아 새 정신 가다듬고 싶다.

적막한 뜰 앞에 홀로 거닐면서
자리 잡지 못하는 마음 가라앉히고
고요히 귀를 기울일 때 동무여!
저 작은 벌레의 우는 소리 들리지 않느뇨.

—『여수시초』(박문서관), 1940년 3월

님을 그리움
—연모애가戀慕哀歌 수장數章

육로도 천 리, 수로도 천 리, 천릿길에 막혀서
그리운 그대들 그리기만 하올 때
하현달 어리운 새벽 들창 밑,
꾸고 또 꾸는 꿈조차 희미하외다.

내 그대를 붉은 등불 밑에서 만나
꿈속 같은 마음 짧은 여름밤을 탄식하올 때
물끄러미 보기만 하는, 그대 눈동자 속에서
속 깊이 간직한 그대의 '참된 사랑'을 보았사외다.

가난보다 더 큰 원수가 없사외다.
가난한 탓에, 얽히고 못 푸는 인연의 실마리
세상에 시악시 되어 사나이를 갖거든
아이예 가난한 사나이 가질 것이 아니외다.

지절대는 시냇물이 여름밤 다리 밑으로
다리 위의 사나이를 울리고 갈 때
호수 내음새 높은 남방의 해변
그대 계신, 저 하늘 저 산 너머가 그립소이다.

눈 나리는 겨울밤, 등불조차 고독에 울 때
어렴풋한 꿈속에서 그대 얼굴 몇 번을 보고

늦은 봄 밤하늘을 달리는 바람 소리에
내 몇 번을 소스라처 깨었사오리까.

아아 잊지 못하겠사외다.
내 잊으려 애썼으되 못하였사외다.
가슴에 뭉킨 물건 병이 되어서
자리에 누웠으되 잊을 길 바이 없사외다.

—『여수시초』(박문서관), 1940년 3월

그대
─남쪽 해변에 계신 그를 생각함

그대를 생각하는 나의 마음을
생각건대 그대만이 알아주실 것이외다.
낮에 허튼 웃음 웃고 밤 되어 혼자서 우는
나의 마음은 그대만이 알아주실 것이외다.

가을밤에 울고 가는 기러기 소리를
그대 때문에 눈물로 듣는 마음 약한 사나이외다.
진정치 못하는 마음, 미친 듯이 뛰어 나아가
밤이 새이도록 거리를 헤매이는 사나이외다.

그대를 생각하는 나의 마음은
등불 잃고 헤매이는 밤 나그네외다.
울며 웃으며 지나간 세월이 삼 년,
아아 남쪽 하늘 천릿길이 아득하외다.

그러나 맺고서 못 푸는 인연의 실마리
천 리로 헤어진 그대와 나의 마음과 마음은
그대만이 아시고 나만이 알고
그리고는 하늘만이 알고 계신 일이외다.

─『여수시초』(박문서관), 1940년 3월

해변에서

해변에 앉아 바다를 보오니
푸른 물결 아득히
하늘에 닿았소이다.
고향도 집도 사랑도
아무것도 없는 이 사나이의 마음도
저 바다 끝같이 아득하외다.

바다는 크기도 하외다.
어느 위대한 양반께옵서
이다지 큰 바다를 만드셨으리까?
물결이 또한 만드신 이를 닮아
아침에 밀고 저녁에 빠지되
말이 없이 오직 움직일 뿐이외다.

내가 고독에 취하여
아침 일찍이 해변에 거닐 때
고기잡이배들은 소리하며
그물 싣고 포구를 떠나갑니다.
한가한 이와 일하는 이가
이 바닷가에도 예전부터 있었을 것이외다.

어느 지혜 많은 사람이 있어

해변 모래의 수효를 알리까?
세어도 세어도 생전을 세어도
다 못 세일 그 모래 수효는
물거품같이 났다가 없어지는
사람들의 수효가 아니오리까?
태곳적부터 이 후대까지의……

복순이─그는 해변의 딸이외다.
그는 해변에서 자란 가난한 계집아이
사람이 그리울 때 모래사장에 나가
바다 보고 우는 아이외다.
그는 또 조선의 계집아이이매
곤궁하고 몹시 고적하외다.

먼 바다 물결 바라보면서
어렵던 모든 일 다시 생각하매
모두가 우습고 간단하외다.
나의 목숨이 또한 귀한 것이나
몹시 큰 자연 앞에 서서 보니
티끌보다도 가볍소이다.
조금도 아깝지 아니하외다.

─『여수시초』(박문서관), 1940년 3월

근영편편 近咏片片

1.봄

창 밖에 봄비 부슬부슬 온종일 나리니
실오라기같이 가느다란 설움, 하루 종일 떠나지 않는고나.

비 온 뒤, 버들가지 빛이 푸르러
오늘이야 알았네, 이 강산에도 봄철 돌아온 것을.

작년 이맘때도 이역 객창客窓에 이 바람 불더니
잊지도 않고 또 부네, 들창 흔들며 몸부림하는 바람.

삼월삼질도 지나, 강남 갔던 제비
옛집이라고 또다시 찾아왔고나.

어젯밤 바람에 꽃 조각이 얼마나 졌느냐?
아이들아, 짓밟지 마라, 가려주는 이 없이 떨어진 꽃이다.

쓸 종이 내어놓고 붓대를 든 뒤에
"무엇을 쓰려고 이러나"— 생각하는 요새의 나.

비 오다 반짝 별 나는 하늘, 변덕스럽다 못하겠데,
요새는 내가 내 마음 변하는 것도 모르겠는 것을.

2. 그리움

책상 위에 놓인 화초의 흰 얼굴 볼 때마다 그대 생각나기에
치우자 치우자면서도 이제껏 못 치웠네.

—『여수시초』(박문서관), 1940년 3월

제2부 해방 이후의 시

다시 맞는 영광의 날

조국의 해방을 살아서 내 눈으로 보았으니!
이제 곧 죽어도 유한이 없겠다고
손 맞잡고 얼싸안고 기뻐 기뻐서
울고 웃고 하던 역사의 날 8월 15일!

그 후 기쁜 세월이 하루하루 흘러
어느덧 1년! 회상도 다감한 1년의 세월!

동북의 한낮 여름, 무더운 차 안의 흥분이여
해방된 고국으로 향해 가는 차바퀴의 더딤이여
북관 신의주 차창에 춤추는 우리 깃발 깃발들
영원히 잊지 못할 인상적인 이 날의 그리움이여

그 후 기쁜 세월이 하루하루 흘러
어느덧 1년! 회상도 다감한 1년의 세월!

옛 도읍 평양은 민주 새 조선의 빛나는 도시
조국 건설의 힘찬 마치* 소리 속에서 나날이 자라가고
북조선 공산당 만세! 만세 소리 높이
토지는 밭갈이하는 농부에게 즐거웁게 돌아갔다

| * '망치'의 방언.

이같이 기쁜 세월이 하루하루 흘러
어느덧 1년! 회상도 다감한 1년의 세월!

노동법령, 중요산유국유화법령
모든 민주 과업은 하나하나 이루어가고
민주 부강 독립국가의 지반은 하루하루 굳어지면서
해방된 북조선은 이제 영광의 날을 다시 맞는다

실로 기쁜 세월이 하루하루 흘러
어느덧 1년! 회상도 다감한 1년의 세월!

아아, 다시 맞는 영광의 8월 15일이여,
굴욕의 역사를 불살라버린 8월 15일이여,
인민 조선의 꽃다운 탄생일 8월 15일이여,
조선 인민의 자유와 행복 만세!

(1946년)

평양을 노래함

평양이여!
오늘 나는 새로운 감격으로
그대의 이름을 부른다
역사와 전설의 옛 도읍이었던 그대가
오늘은 일어나는 새 조선의
해방을 노래하는 민주 새 조선의
뛰노는 심장이 되었다

민족의 생명의 중심부
새로운 조선의 심장!
평양이여! 그대는 이미
고요히 잠들었던
그 옛날의 평양이 아니다

모란봉아 을밀대야 대동강아
몇 십 년 만에 다시 보는 나의 애인아
그대 모습 변함없는 옛 모습이나
그대 품에 안긴 민중은
옛날의 그들이 아니다

압제에서 벗어난
해방된 인민들!

거리 집집마다 펄럭이는
무수한 저 국기와 붉은 기
오오 자유! 자유에 빛나는
우리 동포들의 얼굴!
나의 눈에서는
기쁨의 뜨거운 눈물이 흐른다

보아라, 평양 성내엔
땅 없는 농민에게
논과 밭을 노나준
우리들이 받드는
북조선인민위원회가 있고
우리 민족의 영원한 발전을 축복하는
진정으로 친근한 벗들이 있다

오오 평양이여!
일어나는 새 조선의 심장이여!
민주의 나라를 세우는—
인민의 합창 소리 우렁찬—
일하는 민중들의 함성 소리 드높은—
인민 조국 건설의 중심부
우리들 행복의 새 살림터!
오오! 평양! 평양이여! 평양이여!

(1946년)

3·1절

내 나이 열다섯
이른 봄 3월도 초하루
서울 장안 거리거리에
국상 났다고 13도에서
모여온 흰 옷 입은 군중의 바다
사람 사람들의 바다였거니―

민족의 역사에 길이 전해질
온 세계에 향하여 외친 독립 만세 소리는
조국의 푸른 하늘을 거쳐
바다물결같이 만국에 전파되고

노예의 운명을 걷어차고 일어선
조선 인민의 영용한 모습이여!
삐라 뿌리며 자동차 떼는 나아가고
수십만 군중의 독립 만세 소리
민족 해방의 드높은 외침에
일제는 간담도 서늘했다

그러나 잔악한 놈들의 총칼은
조선 인민의 머리 위에 번득이어
무수한 동포들 대지 위에

붉은 피 토하며 넘어지고
눈물의 사형장과 고문대는
열사들의 귀한 목숨 앗아갔나니

오오! 원수!
불구대천의 이 원수!
어이 갚으리 했더니

김일성 장군 항일무장투쟁이
민족 해방의 길을 열고
그 간고한 전투를 거치며
크나큰 승리의 화광이
이 땅을 비추었다

이제 북방 조국 강토엔
인민의 정권이 서고
그 무리에 동포들은 뭉쳐 나아가며
삼천리 아름다운 강산에
민주 정부 이룩할 그 날도
멀지 않거늘
오오 이른 봄 매운바람에
흩어진 꽃들! 3 · 1의 열사들이여!

그대와 나, 우리의 조국은
위대한 인민의 나라—

자유와 해방 평등과 평화를 노래하며
민주의 새 나라 건설 의욕도 굳게
나아가노라 앞으로 또 앞으로
물러섬 없이 힘차게 나아가노라

(1947년)

파종

땅은 봄볕에 부풀어 오른다
저기 이―랴 소 모는 소리 들린다
밭을 갈자 씨 뿌릴 때 기다렸노라
한겨울 골라둔 그 씨앗을 심자

우리 지난날 그 어느 시절에
이처럼 기쁜 봄 맞이하여 보았으리
땅은 내 것 되어 3년, 우리는 공화국 주인
산도 논밭도 해마다 살지고 기름져 가노나

경제 계획 두 해의 승리를 뒤이어
세 번째 해 2, 4분기로 들어선 새 봄
어서 갈고 심자 때 어이 놓치리
한겨울 궁리로 거름도 힘껏 잘 내였거니

올해의 예정 기어이 넘쳐내자고
어제도 오늘도 또 공론들 하였네
소야 너도 어서 갈자 씨 뿌리련다
나의 땅 나의 밭아, 높은 수확을 내자!

오곡 무르익을 그 날을 위하여
내 두 팔 소매 걷어붙이고 싸워보련다

냉이 달래 캐는 저 복스런 소녀야
너는 거기서 즐거운 '인민경제의 노래' 나 불러주렴

공화국기 나부끼는 우리 마을
새 생활의 즐거운 웃음소리와
민주 선전실 합창 소리 끊임없이 들린다
서로 도와 갈며 뿌리자 즐거운 노력의 봄이 간다

(1949년)

건설의 노래

양덕 맹산 땅을 굽이굽이 돌아
평양으로 평양으로 달려온
대동강의 푸른 물결 춤추는 양을
넌지시 모란봉이 굽어보는 듯

문화 찬란한 이 나라—
유구한 역사 깃들인 이 강산에
새 생활을 창조하는 인민의
승리의 함성이 드높이 울려온다

그렇게 지독한 포화의 불길 속에서도
자랑스러운 오각별 깃발 휘날리면서
침략의 야수들을 무찔러 이긴
영웅들의 노래 건설장에 울리며

창공을 울리는 미끼샤*의 음향
천만 군중은 마차와 등짐으로
돌바위를 까부시고 흙을 파헤쳐
평화 건설의 불길을 높였나니

\| * '믹서(mixer)'의 북한어.

아아 영웅 조선의 위대한 교향악
광명한 새 생활, 복된 생활의 찬가여!
대지 위에 이룩한 우리의 낙원이여!
천만 인민의 억센 투쟁의 승리여!

보라 또 여기 녹음 짙은 수풀
아카시아 꽃향기 그윽한 모란봉 기슭
젊은 세대가 뛰놀 운동장—
옥상 위에 나부끼는 승리의 기폭들을!

악독한 원수들의 수없는 폭탄에
벌의 집같이 웅덩이로 찼던 거리가
오늘은 탄탄대로 끝 간 데를 모르고
가로등의 대열이 그림처럼 서 있다

우리 당의 호소를 받들고
전후 건설에 몸 바쳐 싸우는 우리
영광에 찬 조국의 앞날을 노래하며
나아가리라 평화 통일의 길로!

평화의 깃발 밑에 싸우는 모든 인민들에게
영웅 조선 돌격대의 승리를
일어서는 거리들과 농촌들의 함성을!
전하라, 멀리 그들에게 전하라!

(1954년)

평양

평양! 그 이름 듣기만 하여도
자랑스런 마음과 즐거움으로
언제나 우리들의 뿌듯한 가슴이
밀물처럼 설레이는 이곳에는

한 폭의 그림처럼 아름답게
굽이도는 대동강의 푸른 물결이
오늘도 찬란한 새 역사와 함께
쉬임없이 세차게 흘러내리고

낮밤 없이 들리는 여울물 소리엔
그 옛날 침략자의 배를 몰아낸
용감한 선조들의 자랑스런 이야기가
아름다운 전설로 깃들어 있거니

슬기로운 겨레의 자랑찬 역사의 도시
자유의 깃발 창공에 높은 인민의 도시
오늘은 전 세계 인민의 사랑 속에서
영웅의 이름으로 불리우는 도시 평양!

원수들이 질러놓은 전쟁의 불길에
비록 한때 이 도시는 모두 타고 허물어져

생활의 노래 즐거웁던 우리들의 집은
벽돌 조각만이 뒹구는 황량한 폐허이어도

그곳에 살던 씩씩하고 정다웁던 사람들은
화선에서 후방에서
내 조국 위한 싸움에서
다시 만날 그 날을 기약하더니

원수와의 혈전! 가열한 불길 속에서
영예로운 돌격대의 승리의 함성이
우리의 산악과 바다, 고지와 해안에서
온 세계에 울려 승리한 오늘에는

보라! 영웅의 거리에 넘쳐흐르는
승리자들의 장엄한 행진 속에서
이 도시는 창조와 건설의 노래 부르며
거인처럼 힘차게 일어서고 있다

옛이야기로 바로 듣던 그것과 같이
폐허에서 새 집들이 우뚝우뚝 솟고
바다 속에 있다는 화려한 용궁도 아닌
대리석 고층 건물이 솟아오른다!

영웅 도시는 오늘 장엄하게 일어섰다
우리들의 거리는 백만의 건설자로 찼고

우리들의 거리는 수만의 수송차로 덮였다
인민의 억센 팔뚝에 새 낙원이 솟는다

이것은 20세기의 신화가 아니라
어제도 오늘도 우리가 창조하는 현실
우리 조선노동당의 지도 밑에서
영광스럽게 휘날리는 승리의 기폭!

형제적 인민들의 환호 속에서
우리의 도시 평양을 복구하자!
평화의 깃발 밑에 싸우는 우리
영웅 조선을 또다시 노래하자!

(1954년)

전방위문

우리는 그대들을 찾아왔다
수많은 산굽이를 돌고 돌아
수많은 영마루를 넘고 넘어
조국의 방선으로 그대들을 찾아왔다

후방에 계신 우리 부모 형제들의
뜨거운 마음 가득 한가슴에 안고
낮도 밤도 없이 초소를 지켜 서 있는
인민전사 그대들을 찾아왔다

옛이야기로 듣던 금강산 호랑이가
산발 타고 넘나드는 이 심산준령에
조국의 방벽으로 굳게 서 있는
그대들을 우리는 찾아왔다

우리들 사이에 무슨 긴말이 소용 있으랴
오직 굳은 악수들로써 감사의 뜻을
기쁨에 빛나는 눈으로 환영의 뜻을
서로 주고받는 우리들의 즐거움이여!

우리들은 초소의 어려운 밤을 묻고
그대들은 후방의 눈부신 건설을 물으며

함께 조국의 앞날을 이야기하면서
밝히는 밤, 영마루의 밝은 달이여!

산속은 한낮도 밤같이 고요하나
초소에 선 전사들의 심장은 끓고
골짜기 흘러내리는 맑은 시냇물 소리도
간악한 원수들을 경계하라 속삭인다

감격의 8 · 15 기념의 날을 맞아
산중 회관에 그대들 구름같이 모여
우리 조국에 영광과 축하를 드리며
기세높이 강토보위 다시금 맹세했나니

산속에 기적 같은 크나큰 회관이며
축하와 행복의 즐거운 노래의 밤이며
애국정열에 두 볼도 붉은 그대들 모습을
나는 돌아가 즐겁게 이야기하리라

복구와 건설에 일떠선 우리 형제들에게
초소의 아들딸들을 자랑하는 우리 부모들에게
궐기한 전체 우리 영웅 인민들에게
철옹성 같은 우리 방벽을 자랑하리라

(1954년)

강철은 불속에서

강철은 불속에서 단련되나니
포화의 불길 속에서 우리들은
백 번 때리고 천 번 두드려도
굴할 줄 모르는 인민으로 되어

원수들의 그 많은 폭탄 포탄도
조국의 고지, 방어절벽을 못 뚫었고
우리 전사의 멸적의 투지를
아무 때도 꺾지 못하였다

폐허된 거리에도 굴뚝이 있어
노력 생산의 연기 하늘을 덮고
지하의 모터 소리 낮밤으로 울리며
전방과 후방으로 우리 물자는 달린다

보라! 저 옥야천리 인민의 논밭엔
폭탄 구멍들 모조리 메꾸어놓고
파종에 나서신 어머니들의 모습
적기의 폭음 소리도 듣는 듯 마는 듯

위장한 화물자동차들은
대낮에도 연달아 기운차게 달리고

한때 끊었던 기차의 고동 소리
또다시 승리의 신호 소리 울린다

산봉우리 하늘에 맞닿은 고지로부터
물결이 바위를 때리며 삼키는 해변
조국 땅이면 그 어느 곳에서도
원수를 이겨낼 강철의 의지로써

머리가 희신 할아버지들과
귀엽게 자라나는 누이동생들도
우리 조국에 바치는 노력이라면
괴로움도 아픔도 느낄 줄을 모른다

흉악한 원수들과의 혈전에
어려운 3년의 세월이 흘렀건만
전투적인 우리 노동당의 영도로
높이 휘날리는 승리의 기폭이여!

무쇠는 불속에서
우리는 포화의 불길 속에서
강철로, 불패의 힘으로 단련되었나니
영광에 찬 우리 승리를 노래하자

(1955년)

봄

매운바람 눈보라 치던 겨울이 가고
햇볕이 벌써 따사로워진 시절
메마른 잔디 위에 푸른 기 떠돌고
땅은 부드럽게 부풀어 올랐다

봄이 온다! 우리들의 대지에
아름다운 생활의 노래 스며 있는
우리들이 사는 정든 이 땅에
붉은 진달래꽃 피는 봄이 왔다

이 자연의 봄보다 더 아름다운
우리들의 생활의 찬란한 봄도
우리가 사는 이 대지 위에
막아내지 못할 큰 힘으로 왔나니

이곳 우리들의 깊은 사랑 속에
오늘도 창공에 높은 모란봉이여
그대 굽어보는 평양의 거리에도
우리들의 봄은 지금 꽃피고 있다

보라! 저기 흘러내리는 대동강가
높이 솟아 장엄한 노동자 아파트

근로자들의 손길 닿은 그 들창마다에
깃들어 있는 행복한 우리들의 생활을!

또 들으라! 저기 복구된 철교를 건너
들을 지나 산등 넘어가는 길 역마다
흥겹게 들리는 협동 노동의 찬가를
농촌에도 새 시대의 봄은 왔다

복구와 건설도 즐거운 우리의 봄
대지 위에 새 생활이 핀 우리의 봄
이 봄을 앗기지 않기 위하여
모두 다 우리의 계획을 완수하자

우리 당은 오늘도 우리를 부른다!
광명한 대로 찬란한 승리의 길에서
무쇠 같은 단결로 평화를 지키며
조국통일의 위업에로 매진하라고

전체 인민의 무궁무진한 힘
당할 자 없는 그 무한량한 힘으로
마지막 패배를 주자, 원수들에게
우리 봄을 앗아가려는 원수들에게

우리의 봄은—
위대한 우리 노력자들의 단결과

억센 그 투쟁으로 꽃피는 우리의 봄은
어떠한 원수도 앗아가지 못하리라.

(1955년)

축배

자— 우리 오늘은 축배를 들자
보람 있게 보내는 우리의 세월
즐거운 노력의 나날을 회상하며
동무들 함께 축배를 높이 들자

얼마나 아름다운 우리의 날이었던가!
동무와 나, 청춘의 모든 정열을
사랑하는 우리 조국 건설에 바친
즐거운 노력 벅찬 감격의 한 해여!

웅장하게 일어선 이 거리의 집들도
생명수 뻗치는 저 벌의 관개공사도
모두가 우리의 젊은 노력자들의 힘으로
오늘 이처럼 이룩한 우리들의 자랑!

우리 젊은이들은 초소에서도
우리 젊은이들은 학창에서도
모두가 조국 위하여 승리 위하여
낮과 밤을 보람찬 노력으로 보냈다

그러나 우리 어찌 한시인들 잊으랴
축배를 드는 이 시각엔들 어찌 있으랴

조국의 남쪽 땅에 기어든 승냥이들을
강토와 인민을 노리는 그 피 묻은 아가리를!

하지만 좋다! 우리 다시 축배를 들자
사회주의로 나아가는 청춘의 미래를 위하여
조국의 남쪽 땅에서 원수들을 물리치고
평화로 통일할 빛나는 그 날을 위하여

우리는 다시금 달려 나아가련다
영예스러운 당의 깃발을 따라
우리 당이 부르는 승리의 길에서
물이라도 불이라도 뚫고 나아가련다

(1955년)

오늘을 기다렸노라

내 오늘을 기다렸노라
설날을 기다리는 어린이처럼
명절놀이 앞둔 처녀들처럼
가슴 두근거리며 기다렸노라

나라의 주인 되어 10여 년
공화국 깃발을 휘날리며
새 살림 날을 따라 흥겨워가는
영광의 우리 세월 노래하면서

우리들이 두 번째 맞이하는
최고인민회의 대의원선거
만 사람이 받드는 애국자들에게
투표할 날 손꼽아 기다렸노라

이 얼마나 기쁜 일이뇨
내 나라 인민의 주권 위하여
한 장의 투표지 손에 쥐고
당당하게 선거장으로 나아감은

이 얼마나 즐거운 일이뇨
우리들의 자유와 행복 위하여

인민에게 충직한 애국자들을
우리의 대의원으로 선거함은

자랑스러운 우리 이 권리를
앗아갈 자 아무도 없어
자랑스러운 선거의 날은
명절놀이처럼 흥겨웁구나

보라! 선거 날의 이 거리는
오색 깃발 바람에 나부끼며
선거 선전실 앞마당에는
옹헤야 춤 즐거웁게 벌어졌다

아주머니 할머니도 어깨춤 추며
어린이도 아저씨도 노래 부르네
아름다워만 가는 우리 살림이여!
흥겨워만 가는 우리 세월이여!

축복하세 우리 살림 우리 세월을
영원하라 우리 인민의 주권이여!
우리 모두 첫새벽에 일어나서
새 옷 떨쳐입고 간다 선거장으로!

내 투표할 날을 기다렸노라
설날을 기다리는 어린이처럼

명절놀이 앞둔 처녀들처럼
가슴 두근거리며 기다렸노라

(1957년)

송남 탄광으로

멀고 먼 옛날부터 사람들은
산악과 바다의 보물을 찾아
높은 산 험한 영마루도 넘었고
만경창과 망망한 바다도 건넜다

산이 제아무리 험하다 하여도
사람들은 산속에서 캐어내었다
눈부시게 빛나는 황금덩어리를
백금처럼 흰 은덩어리를

바다가 아무리 천만 길로 깊어도
사람들은 바다에서 캐어내었다
조개 속에서 천 년을 잠자는 진주와
가지도 무성한 붉은 산호들을

푸른 하늘에 흰 구름 떠가고
산도 바다도 아름다운 나라여
우리를 낳아 길러준 어머니 땅이여
당신 품에 지닌 보화 많기도 하여라

나는 나의 조국을 사랑하노니
그 품에서 울며 웃으며 자란 땅이여!

나는 나의 조국을 사랑하노니
보화로 가득 찬 아름다운 땅이여!

형제들이여! 얼마나 좋은 강산이뇨
빛 검은 보물들이 우리 땅 속에
끝없는 세월에 쓰고 남도록
한량도 한정도 없이 많고나

석탄의 매장량을 모르며
무연탄인들 어이 무진장이 아니랴
이 검은 돌과 흙이 우리 살림을
아름답게 꾸밀 보물들이 아니뇨

무인도에 있는 보물이 아니라
우리 송남 땅의 보물을 캐자
조국의 품안에 자란 청년이거니
험산준령이 그대 앞에 무엇이뇨

무지갯빛 이상에 불타는 젊은이
그대 심장도 뜨거운 청춘이여!
황무지도 사막도 청춘의 정열로
아름다운 도시를 이룩하거니

우리들의 아름다운 꿈을
새 생활의 터전에 펼쳐보자

깨끗한 집도 아담한 구락부도
청춘들의 노래 속에서 일어나리라

우리 굴진공 동무들이
동발공, 기술자, 기사 동무들이
영광스러운 우리 조국에 충직한
미더운 아들딸들이 일떠섰나니

나도 송남 탄광으로 가리라
그곳은 이 나라 청춘들의 탄광!
1억 4천만 톤의 불붙는 흙이
청년들의 억센 팔뚝을 기다리네

(1957년)

용광로야

철갑옷을 입은 예날 장수처럼
용광로야 너는 우뚝 서 있구나
우리 조국 푸른 하늘에 높이 높이
용광로야 너는 산악처럼 서 있구나

우리 모두가 너의 모습을 바라본다
한없이 미더웁고 든든한 마음으로
끝없이 즐겁고 대견한 마음으로
영웅 아들 바라보는 어머니처럼

악귀 같은 놈들이 불시에 달려들어
대지 위에 너의 몸 조각으로 헤쳐놓고
'너 다시 살아나지 못한다' 뇌까리며
악마의 웃음 웃고 도망쳐 갔으나

원수의 칼에 머리 떨어졌다가도
금시에 다시 붙어 싸워 이겼다는
죽음을 모르는 예날 장수들처럼
너는 살아서 오늘 늠름하게 일어섰다

그렇다, 너는 영원히 죽지 않는 장수
영웅 인민의 나라의 억센 용광로답게

철갑옷 떨쳐입고 철 보검 비껴들고
백금빛 쇳물을 뿜으며 일어섰구나

네가 뿜는 쇳물이 밤낮으로 흘러
나라의 행복을 주야로 수 놓아가면
휘황한 살림 햇빛처럼 퍼져나가며
원수들은 암흑 속으로 사라지리니

용광로야 더 세차게 쇳물을 뿜어라
너의 뜨거운 심장에서 들끓는 쇳물을
네가 사랑하는 이 강산 위에 길이길이
행복이 넘쳐 영광이 하늘에 닿도록

오늘 건설의 노래 드높은 속에서
오늘 통일의 함성이 우렁찬 속에서
너는 쇳물을 뿜는다 뜨거운 정열로
노력자들의 위대한 승리 노래하면서

(1958년)

젊은 벗들에게

행복의 웃음 입가에 서리고
청춘의 정열로 두 볼이 붉은
우리들의 자랑 우리들의 즐거움
우리들의 광명인 젊은 벗들이여!

우리는 그대들을 사랑하노니
씩씩하고 아름답고 정다우며
끝없는 희망에 두 눈동자 빛나는
그대들은 새날의 귀중한 주인이어라

젊은 벗 그대들이여
아름다운 새날의 설계자들이여
영광스러운 조국의 앞날은 그대의 것
우리 그대들을 열렬하게 축하하노라

젊은 그대들의 든든한 어깨 위에
조국은 그 운명을 얹어가노니
미더웁고 슬기로운 젊은 벗들이여
잊지 말라 조국의 무궁한 번영의 길을

그대들은 이 나라 해방된 땅
즐거운 노래 속에 봄철이 흐르고

노동과 학습으로 가을을 보내며
이 강산 품에 안겨 자라났거니

잊지 말라 그대 어머니 땅의
영원한 미래 그 무궁한 행복을
사회주의 아름답게 꽃피는 나라로
조국을 역사 위에 찬란히 수놓을 것을

그대들은 크나큰 그 이상을
실현하는 길에서 항상 용감하라
정의의 싸움에 무엇을 두려워하리
사랑하는 인민 앞에 언제나 충직하라

근로자들의 자유와 행복 위하여
노동과 평화의 깃발을 고수하자
온 세상의 소박한 벗들과 손을 잡고
조국의 평화통일을 이룩하자!

행복의 웃음 입가에 서리고
청춘의 정열로 두 볼이 붉은
우리들의 자랑 우리들의 즐거움
우리들의 광명인 젊은 벗들이여!

(1956년)

규율

레닌이 밤낮으로 일하시며
레닌이 거처하시던 집에
그를 지켜 충직한 보초병이
그 날도 총대 들고 서 있었다

어두운 밤안개는 짙은데
그 문 앞에 한 그림자 나타나
깊은 생각에 잠긴 듯 말도 없이
집 안을 향하여 들어가는데

보초는 외쳤다! 누구야? 섯!
그림자는 놀랜 듯 우뚝 서서
품안에 넌지시 손을 넣어
초소에 보일 증명서를 찾았다

그러나 이 어찌된 일이냐
찾는 문건 나오지 않는다
보초는 그의 앞을 막아서면서
"증명서 없이는 통과 못하오!"

그는 아무 말 없이 돌아서서
오던 길로 다시 발길 옮겨갔네

찾아도 없는 것을 가져오려는 듯
안개 속으로 그는 사라져갔네

돌아서 가는 그는 일리이치 레닌
자기 집에 들어가는 일에서도
근 규율—규율을 지키면서
가르쳤다—강철 같은 볼쉐위크 규율을

이 쇠보다도 강한 것으로 하여
볼쉐위크들 앞에서는 난관이
볼쉐위크들 앞에서는 원수가
모래성처럼 무너져나갔네

(1957년)

두만강 나룻가에

1.

두만강 나룻가에 설레는 물결은
오늘도 노래하네 항일의 투사들을
원수를 쳐부수던 자랑찬 이야기
강물은 흘러 흘러 노래로 전하네

2.

동지를 등에 업고 물결을 헤치며
조국의 원수들과 싸우던 그 투지
우리의 가슴속에 찬연히 빛나네
장엄한 노래되어 이 맘을 흔드네

3.

이 총을 받아주오 외치던 그 소리
그날의 용당나루 산천을 울렸네
목숨을 바치면서 넘겨준 총칼로
혁명의 붉은 전통 이어서 가리라

(원문에 연도 표기 없음)

그대의 손을
─새해 농촌으로 가는 동무에게

새해 아침 사랑하는 노와 헤어져
협동 마을 전야로 달려가는 그대
키어준 공장을 떠나 새 일터로
계급의 의지와 지혜를 안고 가는 동무여

그대의 두 손을 뜨겁게 잡노라
당의 호소라면 낮과 밤을 모르고
하루에도 수백 톤 입철을 뽑아내던
그 무쇠 같은 두 손을 굳게 잡노라

계획 완수를 맹세할 때마다
높이 추켜들던 그대의 손!
전연의 초소를 지키는 전사인 양
쇠장대 총창처럼 굳게 잡았던 손!

그 손으로 이제 그대는 협동 농장의
뜨락또르* 조종간 억세게 틀어쥐고
첫새벽 가없는 지평선 바라보니
단숨에 포전들을 갈아 제끼리니

| * '트럭(truck)'을 그렇게 읽은 것임.

미더웁고 슬기로워라 그대의 모습이여
그 의지, 그 지혜로 새 농기계를 만들어
파종도 제초도 가을날의 추수도
그대는 멋진 기계로 해치우리라

마치와 낫의 교향악 울리는 마을
불 밝은 창가마다에 즐거움이 넘치도록
보람찬 청춘의 심장을 불태우며
창조와 혁신으로 나날을 빛내일 그대여

우리도 함께 전야에 선 마음으로
중산의 불길 더욱 높이리니
어데 가나 우리 마을 조국을 위해
저 노의 쇳물처럼 뜨겁게 끓자!

그대여 새해 출진을 축하하노라
내 그대의 두 손을 잡아 흔드노라
형제들을 도우러 가는 노동 계급의 손
영광스러운 당의 전사 그대의 손을!

(1966년 1월 4일)

이웃집의 경사

이웃집 그 총각이 장가가는 날
인민반 아주먼네 신바람 났네
칼도마 장단 치다 신랑을 보고
좋아도 꾹 참고 웃지 말래요

시집온 그 색시가 아기 낳던 날
인민반 어머니들 성수가 났네
국밥을 끓이며 아들인가 물으니
신랑이 웃더니만 첫딸이래요

인민반 우리들은 한집안 식구
살틀한 그 정분 친형제 같소
이웃집 경사는 우리 집 경사
서로서로 도우며 알뜰히 사오

(1966년 4월 5일)

농촌으로 가는 길

깊은 산턱으로 올라
나지막한 고개를 넘는다
길은 관리위원회 앞으로
길게 길게 뻗어간다

냇가에 버들 숲 우거지고
살구꽃 난만하게 핀 마을
정다운 내 고향 같으며
이 산천에 안기고 싶구나

따가운 햇볕에 자라는 벼 포기
한밤 자면 또 얼마나 크느냐
풍년 모습 눈에 어른거리어
흐뭇한 마음 내 홀로 미소하노라

정든 공장의 내 기대를 두고
조국에 맹세한 나의 충성을
이곳 이 대지 위에 바치리라
내 삶의 꿈을 이곳에 펴리라

오오! 농촌 혁명의 길
찬란한 미래에로 뻗어간 길

높뛰는 가슴 청춘을 노래하며
이 길 따라 달려가노니

생명수 전야에 넘쳐흐르고
농기계 엔진 소리 울려 퍼지며
불 밝은 주택 거리 웃음 넘치도록
내 보람찬 노력을 바치리라

도시 부럽지 않은 새 농촌을
역사에 없는 우리 시대의 농촌을
눈부신 영광 속에 일떠서는 농촌을
세워가는 자랑으로 내 삶을 빛내리라

산턱으로 올라 고개를 넘어
산모퉁이를 돌고 돌아
길게 길게 뻗어간 길이여
농촌 혁명에로 달리는 길이여!

(1966년 11월 4일)

천선대

만물상 깊은 골이 태고처럼 고요한데
천선대 어디메냐 오르고 또 오른다
하늘 밑에 다다르니 사람의 길 끊어지고
사다리로 올라가는 신선들의 길이로세

대 위에 올라서니 내 머리 하늘에 닿았는데
눈 아래 구름이요 구름 위에 산봉들
조국산천의 높은 경개 하도 좋으니
바람 타고 구름 위로 내 훨훨 떠다니리라

이름도 많고 많다 이 봉우리 저 봉우리
비로, 옥녀, 재하, 장군봉 한눈에 드네
모든 봉우리 내 눈 아래 그 모습 자랑하니
어허 예가 신선이 사는 우리나라 높은 하늘

(1965년 8월)

집선봉

아침에 바라보니 안개 속에 잠겼더니
한낮에 다시 보니 몇 천 몇 백 봉우리라
석양엔 볕이 비껴 층층기암 역력터니
저녁에 달이 뜨며 그저 한 폭이 그림이구나

집선봉 집선봉 무리 신선 모였어라
지상의 우리 낙원 찬란히 솟았거니
모였다가도 흩어져 돌아갈 일이어늘
그 무슨 일이 있어 흩어지지 못하는가?

남쪽의 우리 강토를 해적 무리 침범하매
원수 물리칠 의논하느라 못 흩어지는가?
겨레 하나로 뭉쳐 피 흘리며 싸우거니
그대들 품에 남녘 형제 껴안을 날 멀다 하랴

(1965년 8월 3일)

받으시라, 우리의 뜨거운 정을

눈을 감으면 보이는 듯 떠오르는
남녘 고향의 우리 아버지 어머니
고생살이로 늙어 주름 많으신 얼굴
흰 머리칼 모진 바람에 날리네

내 아버지 어머니를 그리는 생각
낮이다 잊으랴 밤 깊다 잊으랴
꿈속의 한때라도 잊은 일이 없거늘
이제는 더더구나 기 막히는 소식!

풀뿌리를 캐고 나무껍질 벗기고
바다 물결 속의 해초까지 다듬어서
하루하루 목숨을 이어가신다니
아하, 가슴 터진다 기막힌 남녘아!

이 어찌 내 한 부모님만의 일이랴
수백만 아버지와 어머니와 형제들
남쪽 마을과 거리의 우리 동포들
모두들 휩쓰는 이 크나큰 굶주림

빈 창자로부터 부어오른 부황증
음식 못 보고 희미하여진 목숨들이

거치른 들판에 메마른 산등 위에
쓰러져 숨지는 아아, 남녘땅아

어이하리 근심 걱정 애가 탈 때에
오오, 광명이여! 구원의 손길이여!
우선 옥백미 십만 석을 남반부에 보내는
우리 공화국 내각 결정!

한조상의 피와 살을 나눈 우리
기쁨도 어려움도 함께 나눌 우리
한 나라 한 강토에서 서로 도와
대대손손 살아야 할 우리이기에

우리 겨레의 높은 양심과 의무로
보내는 쌀가마니에 담긴 뜨거운 것
그것은 동포애의 심정, 형제의 애정
반드시 받아서 전해야 하리

북녘 우리들이 살고 있는 낙원의
풍족한 이 살림을 나누지 못하여
애타하는 형제들의 심혈을 담은 것
옥백미를 받으시라, 우리의 뜨거운 정을!

(1963년 7월 5일)

현실성과
서정성의 갈등과 통합

_유성호

1. 박팔양의 생애

　박팔양朴八陽은 1905년 8월 2일 경기도 수원군 안룡면 곡반정리에서 태어났다. 그의 아버지 박제헌은 당시 양반 관료였기 때문에, 박팔양 집안의 경제적 형편은 이후 그가 별다른 걱정 없이 고등 교육을 받는 데 부족함이 없었을 것이다. 경성 제동공립보통학교를 졸업한 그는 배재고보에 입학하게 되는데 이 배재 시절은 앞으로 펼쳐질 그의 문학 여정에 아주 중요한 의미를 갖게 된다. 당시 배재고보에는 훗날 카프의 중심 역할을 하게 되는 박영희, 김기진, 송영 등이 재학하고 있었다. 또 당시 작문교사로 강매姜邁라는 학자가 있었는데, 그는 3 · 1운동을 전후한 시기에 신문, 잡지에 진보적 논설을 다수 발표한 학자로 알려져 있다. 박팔양은 그에게서 많은 정신적 · 사상적 영향을 받았을 것으로 보인다. 결국 배재 시절은 박팔양으로 하여금 일생 동안 프로 문학의 영향권에서 벗어날 수 없게끔 만든 문학적 원천이자 구속력으로 작용했다고 할 수 있다.

박팔양의 이력 가운데 또 하나 눈여겨둘 것은 그가 당시 사회주의 운동의 대표적 단체 중 하나였던 서울청년회의 일원이었다는 점이다. 서울청년회는 초기 사회주의 운동사에서 매우 커다란 비중을 차지하고 있던 사상 단체로, 1921년에 결성된 최초의 청년 단체였으며 나중에 파스큘라 그룹에 가장 큰 사상적 영향을 끼치게 된다. 그러한 사실은 1924년 8월에 발생한 평양 사회주의 선전 사건에 김기진이 서울청년회 회원들과 함께 체포되어 이 사건의 중요 인물로 지목되면서 1년의 실형을 받았던 사실이나, "(서울청년회의) 이성태李星泰, 신일용辛日鎔이 나한테 자주 찾아왔던 것은 전혀 개인적인 호감에서나 우정이 아니라(…) 어떤 공작 내지 영향을 주기 위해서"라는 김기진의 술회를 통해서도 알 수 있다. 이후 박팔양은 1926년 카프에 가담하였으나 1927년 조직 개편이 있기 전 자진 탈퇴한다. 그의 시세계의 변화로 미루어 유추해보면, 이때 그가 딛고 있던 사상적 지반이 프로 문학의 토양에서 자기동일성을 유지하기 어려웠기 때문이었던 것으로 짐작된다.

또한 그의 정신적 요체가 형성되는 데는 정지용, 김용준, 김화산 등과 함께 등사판 문예동인지 《요람搖藍》을 펴낸 사실도 중요한 몫으로 자리한다. 《요람》은 정지용의 발안으로 1921년에 처음 출간된 문학청년들의 회람지로서 휘문학교 등사판을 이용하여 여러 호를 제작하는 중에 '프롤레타리아 문학 특집'이라는 제호로 책을 만들다가 일경 경무국에 압수당하기도 한다. 나아가 1927년 10월에 박팔양은 유완희, 김동환, 안석주, 김팔봉 등과 함께 조선전위기자동맹에 참여하기도 한다.

1930년대를 지나면서 주목해야 할 사실은 《중앙일보》 기자 시절에 그가 당시 프로 문학과는 사상적, 미학적 대척점에서 활동하던 그룹인 구인회 후기 동인으로 참여한다는 것이다. 그의 구인회 가담 사실은 그의 시적 생애에서 매우 커다란 상징적 의미를 띠는 것이다. 왜냐하면 초기 카프 맹원이던 그가 당대 모더니즘 운동의 거점이었다고 할 수 있는 구인회에 참여했다는 사실은, 이 시기에 들어서 그의 시세계가 일정 부분 모더니즘을 축으로 삼는 전환을 하게 될 것이라는 유추점을 제공해주기 때문이다. 다시 말하면 그의 초기 시부터 관류하고 있던 서정성과 현실 인식의 공존이 당시 볼셰비키화로의 방향 전환을 한 이후의 프로시가 걷게 되는 서사화 경향과 합치되지 못했다는 점, 그리고 모더니즘 풍의 도회 정조를 기록한 시편들을 많이 썼다는 점, 탈역사적인 서정성에 경도된 시 경향을 형성하게 되었다는 점이 이와 같은 편력과 연루된다. 이처럼 한 시인이 카프와 구인회라는 당대의 두 극점을 오간 사실은 그의 시가 현실성과 시 자체의 예술성 사이에서 폭 넓은 진폭을 형성하리라는 점을 예감케 해준다.

하지만 당시 박팔양에게 이러한 행적과 지위를 가능케 해주었던《중앙일보》가 휴간하게 되면서, 그는 1937년 만주 신경에서《만선일보》의 기자로 새로운 출발을 하게 된다.《만선일보》는 신경에서 창간한 일간지로서 길림성, 요녕성, 흑룡강성 등에 거주하는 1백만 한인 교포를 상대로 한 신문이었다. 일제의 만선일여 정책을 주입시키기 위한 친일적 성격의 신문이었지만 기사, 소설, 광고 등에는 당시 교포들의 생활상, 사회상을 담기도 하였다. 이 당시《만선일보》의 편집국장은 염상섭이었고, 박팔양은 사회부장 겸 학예부장을 맡다가 1939년에 간도지사장으로 발령을 받는다. 바로 이 시절에 그는 자신의 첫 시집인 『여수시초麗水詩抄』(1940)를 상재함으로써 그동안의 시세계를 스스로 갈무리하게 된다.

8 · 15 후에 그는《로동신문》의 전신이라 할 수 있는《정로正路》의 주필로 활약하면서 1945년 9월 30일 결성된 조선프롤레타리아 예술동맹의 중앙집행위원으로 참여하지만 실제적 활동은 거의 없었고, 북한 문단에 직접 참여하여 1946년 3월 25일 결성된 북조선예술총동맹의 부위원장

겸 출판국장을 맡게 된다. 한국전쟁 때는 종군작가로 활약하였고, 이후 1951년 10월 당시 문학예술총동맹 중앙위원을 비롯하여, 1956년 작가동맹 부위원장, 1957년 6월 중앙선거위원회 위원을 지냈으며, 1958년 1월 조·소 친선협회 중앙위원으로 있으면서 6월에는 예술대표단장으로 소련, 폴란드, 동독 등을 순방하는 등 북한 문단의 지도자로 활약한다. 그는 서정서사시『황해의 노래』(1958), 『박팔양시선집』(1959), 장편 서사시『눈보라 만리』(1961) 등을 펴내면서 초기 북한 문단의 중요한 시인으로 활동하였다. 1962년에 집체시「인민은 노래한다」를 발표하였고, 1992년에『박팔양시선집』이 1959년 판보다 훨씬 보완되어 재간행되었다.

2. 집단적 주체를 통한 현실 인식과 실험적 시 정신

박팔양의 초기 시세계는 등단기의 낭만주의 시편들, 일제 강점하의 궁핍상에 대한 증언 시편들, 당시 청년들이 한때 매료되었던 다다이즘 시편 등으로 구성된다. 먼저 비교적 감상적인 어조로 비관적 정서를 노래한 초기 경향은 당대 문단의 보편적 분위기였던 애상과 비탄이 주조를 이룬다. 3·1운동에서 1920년대 초반까지를 문화 정치의 장막 속에서 어떻게 응전할 것인가에 대해 역사적 전망이 채 잡히지 않았던 때로 이해한다면, 당대의 '시'는 이러한 비관적 허무주의 속에서 선택된 장르였다고 볼 수 있다.

박팔양 역시 이러한 분위기에서 시의 첫발을 들여놓게 된다. 그런데 한 가지 특징적인 것은 센티멘털리즘을 주조로 하고 있기는 하지만 시적 대상을 한결같이 고립된 내면이 아닌 사회 현실에서 취하고 있다는 점이다. 이러한 시적 속성은 1920년대 중반을 지나면서 당대의 주요 담론으로 부상하게 되는 사회주의의 영향을 겪으면서 궁핍한 민족 현실에 대한 강한 관심과 시적 형상화로 이어지게 된다. 이른바 '신경향파시'의 한 속성을 선명하게 보이면서 박팔양의 초기 시편은 식민지 현실에 대한 시적 대응의 한 형식으로 제출되는 것이다.

이제야 온단 말인가 이 사람들아
나는 그대들을 기다려 기나긴 밤을 다 새웠노라
까막까치 뛰어다니며 아침을 지저귈 때
나는 그대들의 옴을 보려고 몇 번이나 동구 밖에 나갔던고

그대들은 모르리라
황량한 이 폐허, 이 거칠은 터에
심술궂은 바람이 허공에서 몸부림치던 지난 밤 일
아아 꽃같이 젊은 무리가
죄 없이 이 자리에서 몇이나 피 토하고 죽은지 아느뇨

광명한 아침을 못 보고 죽은 무리
그대들 오기를 기다리다가
아아 옳은 사람 오기를 기다리다가 가버린 무리
그들의 피 묻은 옷자락이
솟아오르는 아침볕에 붉게 빛나지 않느뇨

지나간 모든 일은 한바탕의 뒤숭숭한 꿈자리
고개 너머 마을에 있는 작은 종이 울어
구원久遠의 길을 떠난 수난자를 조상弔喪할 때

보라 나와 그대들의 머리 위에 있는 해와 무지개!

폐허, 야반夜半의 비극을 모르는 것 같고나

밤새워 기다리던 이 사람들아

이제는 그 지리하던 어둔 밤이 다 지나갔느뇨

천리만리 먼 곳으로 다 지나갔느뇨

아아 지나간 밤의 지리하였음이여

—「여명이전黎明以前」 전문

　이 작품은 당대 현실을 '여명이전'으로 명명하면서, '어둠(밤)'과 '밝음(아침)'이라는 원형 심상의 대립을 통해 미래에 대한 강한 희망을 보여주고 있다. 신경향파시의 공통분모이기도 했겠지만, 시적 상황과 인물의 구체성보다는 시적 화자의 우의적 현실 해석과 전망이 격렬한 독백적 발화를 통해 나타나고 있다. 이때 시적 전언은 바람이 허공에서 몸부림치는 폐허에, 꽃같이 쓰러져간 수많은 젊은 수난자들의 희생과 비극을 통해 지루한 밤이 가고 아침이 왔다는 내용을 담고 있다. 그래서 이 시편은 당시의 감상적 낭만주의 시편들이 개인적 직정直情이나 울분을 집중적으로 보여준 데 비해서, 모순된 역사를 극복하고 새로운 역사를 열어가고자 하는 집단적 주체의 의지를 보여줌으로써 꽤 다른 면모를 구축했다고 할 수 있을 것이다.

　다음으로 그가 초기에 보여주는 중요하고도 색다른 지층은 바로 '다다이즘'에 대한 관심이다. 1920년대 중반 우리 시단에서는 거의 유행병처럼 이 외래 사조에 몰입하는 양상을 빚게 되는데, 이러한 다다이즘의 폭넓은 감염 현상은 임화의 회고를 통해서도 넉넉히 알 수 있다.

십 년 전 '따따'나 '표현파'의 모방자들은 시의 사상과 내용에 향일적 向一的인 반항자이었다. 그러므로 박팔양, 김화산 혹은 필자(가능하다면)까지가 일시적으로나마 그 급진적 정열로 말미암아 프롤레타리아 문학에까지 도달했던 것이다. 그들에게 본질적인 것은 양식상의 과법 부정일 뿐만 아니라 생활, 세계관 그것에 있어서 보다 더 큰 반항의 정열이었다(「어떤 청년의 참회」,《문장》1940년 2월호).

말하자면 거의 모든 문학권 안에 다다의 파문이 가시화되었다는 이야기이다. 그러한 다다의 세례를 받은 대표적 시인으로는 1920년대의 박팔양, 임화, 정지용, 김화산, 유완희, 1930년대의 이상을 들 수 있다. 이 가운데 박팔양은 '김니콜라이'라는 필명으로 다다이즘시의 번역과 창작을 하게 된다.

A
××! ××! ××!
윤전기가 소리를 지른다
PM. 7~8. PM. 8~9.
ABC, XYZ
부호를 보려무나
한 시간에 십만 장씩 박아라!

B
음향音響! 음향! 음향!
여보! 공장 감독!
당신의 목쉰 소리는

××! ××!!에 지질러 눌려
죽었소이다
홍! 발동기의 뜨거운 몸뚱이가
목을 놓고 울면 무엇하나
피가 나야 한다 심장이 터져야 한다

C
벽돌 사층집 높다란 집이다
시커먼 기旗란 놈이
지붕에서 춤을 춘다
옛다 받아라! 증오의 화살
네 집 뒤에는 윤전기가
죽어 넘어져 신음한다

D
××! ◇◇! ○○!
DADA, ROCOCO(오식도 좋다)
비행기, 피뢰침, ×광선
문명병, 말초신경병,
무의미다! 무의미다!
이 글은 부득요령에 의미가 없다
나는 2=3을 믿는다

E
곤죽, 뒤죽, 박죽,

인생은 두루뭉수리란 놈이다

벽돌 사층 직선이 사선이오

과로와 더위로 데어 죽은 윤전기의

거대한 시체에

구더기 구더기가 끓는다

F

십만 장! 십만 장!

부호는 돌아간다

A—B=C=D

그리고 1—2—3—4로

공장 감독의 얼굴이 붉다

별안간 벽돌 사층이 무너진다

인생은 영원히 'XYZ' 이냐

—이상 비평 사절—

(고따따, 방따따, 최따따, 죽었는지 살았는지 적적무문寂寂無聞이다)

—「윤전기輪轉機와 사층四層집」 전문

이 시편은 사회 현실에 대한 조소적嘲笑的 모티프를 축으로 하면서 시적 관행을 벗어나는 의미론적 해체를 욕망하고 있다. 난해한 해사적解辭的 이미지의 연쇄 반응이 돌출시키는 효과로 단어와 단어 사이의 서술적 의미는 소실되고, 명사만의 나열이라든지 숫자 또는 글자 크기의 변형을 통해 의미 질서를 의도적으로 교란하고 있다. 요컨대 이 작품은 주제 면에서 볼 때는 현대 문명에 의해 해체된 인간 의식과 기존 논리에 대한 거부가 제시되어 있으며, 기법 면에서는 시행의 회화적 배열, 개념의 추상화를 통해 다다이즘시의 극명한 한 특징을 보여준다.

　이상 살펴본 등단 초기 박팔양의 시세계는 집단적 주체를 통한 현실 인식을 보여준 신경향파시, 시적 문법을 타기하고 기법과 주제를 일부러 낯설게 보여준 다다이즘시로 이루어져 있으며, 다양한 실험적 시 정신으로 축조되었다고 할 수 있다.

3. 현실 인식의 진전과 프로시

　카프가 목적 의식기로 방향 전환하면서부터 카프를 정점으로 하는 프로 시단에서는 이전의 신경향파시와는 전혀 다른 이른바 '프로시'가 창작되기 시작한다. 이때 시인들은 마르크시즘의 세계관을 수용하여 계급적 현실 인식과 프롤레타리아의 구체적 생활에 대한 묘사를 통해 전대前代보다 한층 진전된 시적 현실성을 확보하려 한다. 박팔양 역시 신경향파나 다다이즘시의 추상성과 모호성을 넘어서 한층 진전된 구체적 현실 인식을 토대로 한 프로시를 이 시기에 집중적으로 창작하게 된다.

　　　유랑하는 백성의 고달픈 혼을 싣고
　　　밤차는 헐레벌떡거리며 달아난다
　　　도망꾼이 짐 싸가지고 솔밭 길을 빠지듯
　　　야반 국경의 들길을 달리는 이 괴물이여!

　　　차창 밖 하늘은 내 답답한 마음을 닮았느냐
　　　숨 막힐 듯 가슴 터질 듯 몹시도 캄캄하고나
　　　유랑의 짐 위에 고개 비스듬히 눕히고 생각한다

오오 고향의 아름답던 꿈이 어디로 갔느냐

비둘기집 비둘기장같이 오붓하던 내 동리
그것은 지금 무엇이 되었는가
차바퀴 소리 해조諧調 맞춰 들리는 중에
희미하게 벌어지는 뒤숭숭한 꿈자리여!

북방 고원의 밤바람이 차창을 흔든다
(사람들은 모두 피곤히 잠들었는데)
이 적막한 방문자여! 문 두드리지 마라
의지할 곳 없는 우리의 마음은 지금 울고 있다

그러나 기관차는 야암夜暗을 뚫고 나가면서
"돌진! 돌진! 돌진!" 소리를 지른다
아아 털끝만치라도 의롭게 할 일이 있느냐
아까울 것 없는 이 한 목숨 바칠 데가 있느냐

피로한 백성의 몸 위에
무겁게 나려덮인 이 지리한 밤아
언제나 새이려나 언제나 걷히려나
아아 언제나 이 괴로움에서 깨워 일으키려느냐

—「밤차」 전문

이 작품은 당대 현실을 암담한 "야암夜暗"으로 명명하면서 사회 현실
에 대한 관심을 목적 의식적으로 형상화한 시편이다. 특기할 것은 이 시

편에서 제시된 모습이 일제의 혹독한 수탈과 억압에 고향을 등지고 쫓겨가는 유이민의 참상이라는 점이다. '유이민'이란 식민지 시대에 단순한 경제적 이유에 따른 국내 유랑의 범위를 훨씬 벗어나, 일제의 침탈이 본격화되면서 한층 확대된 경제적 궁핍과 합방을 계기로 현저해진 정치적 탄압으로 대규모로 발생하게 된 유랑민을 지칭한다. "고향의 아름답던 꿈"을 잃고 고국에서 쫓겨나 짐짝처럼 아무렇게나 이민 열차에 지친 몸을 싣고 달리는 유이민들의 고통을 그린 이 시편은 바로 이러한 국외 유랑민의 역사적 삶을 시적 제재로 수용한 결과인 것이다. "차창 밖 하늘"이나 "북방 고원의 밤바람"마저 유이민의 고통에 중첩되어 상황을 더욱 암울하게 빚어내고 있다. 그리고 '밤'이 주는 고통스런 현실 속을 힘차게 달리는 '기관차' 이미지를 상정하여 현실 타개의 의지가 드러나는 마지막 두 연까지 이끌어간 점은 이 시편이 지닌 적극적 성과이다. 이는 박팔양이 초기의 추상성과 모호성을 극복하고 집단적 주체의 구체적 음성과 만나게 되는 지점이기도 하다. 이러한 진전된 현실 인식은 노동자들의 삶과 투쟁 현장을 직접적 소재로 삼은 시편에도 이어진다.

> 납덩어리같이 무겁고 괴로웁던 우리들의 마음이
> 오늘은 어찌하여 이같이 가볍고도 유쾌하냐
> 오월의 하늘―그 밑에서 부르는 우리들의 노래가
> 무슨 까닭에 참으로 무슨 까닭에
> 가슴 울렁거리도록 이같이 즐거웁게 들리느냐
>
> 시가市街가 좁다고 먼지 휘날리며 달리던
> ××××자동차와 마차
> 그것이 오늘의 ××××무엇이란 말이냐

보아라 거리와 거리에 모여선 우리 ××××
평소에 묵묵히 일하던 친구들의 오늘을!

가로街路에는 우리들의 데모
옥내屋內에는 경이에 빛나는 저들 ×××
보여주자 저 영리하고도 앞 못 보는 백성들에게
미래를 춤추는 이 군중의 무도舞蹈를!

×××××× 노래와 환호와 박수다
보조. 보조. 보조를 맞춰라
………… ………… …………
오월의 향기로운 공기를 통하여
오오 울리라 우리들의 교향악을

—「데모」전문

이 시편은 열악한 노동 조건에 처해 있던 식민지 시대 노동자들의 계급적 각성이 강력한 비타협성 지향의 사회주의 사상과 매개되면서 급격한 증가 현상을 보인 노동 쟁의 현장을 포착한 것이다. 여기서 노동자들의 목소리는 막연한 관념이 아니라 메이데이 시위 행렬이 물결치는 투쟁 목소리로 나타난다. '자동차'나 '마차'로 상정되는 "××××(부르주아-인용자)"의 삶과 "평소에 묵묵히 일"만 하던 노동자들의 뿌리 깊은 구조적 갈등이 이 시편의 내적 정황이다. 이러한 인식은 '가진 자/못 가진 자'라는 자연 발생적 빈부 개념에서 '부르주아/프롤레타리아'라는 계급적, 역사적 개념으로 발전된 것이다. 특히 시인의 어조는 감격과 흥분으로 나타나고 뚜렷한 적의를 갖고 당당하기까지 하다. 반복되는 의문형, 청유형,

명령형 어미의 속도감은 짧은 시적 긴장감과 함께 분위기를 한층 고조시키고 있다.

이상 살펴본 목적 의식기 이후 박팔양의 프로시들은 전대보다 훨씬 진전된 현실 인식을 토대로 하여 유이민과 노동자들의 집단적이고 구체적인 삶을 형상화하였다고 할 수 있다.

4. 예언자 의식과 생명에 대한 경외

1930년대 들어 박팔양의 시는 커다란 굴절을 겪는다. 이때 프로시는 노농 계급의 삶을 첨예한 계급적 시각에서 포착한 작품들이 주류를 이루면서 서사화 경향을 걷게 된다. 그런데 박팔양은 프로시의 이 같은 운동적 차원과는 무관한 그 특유의 서정시편을 써가고 있었다. 그가 카프와 사실상 거리를 둔 상태이고, 또 그의 시적 속성이 서사적 경향과는 어울리지 않는 것이었다는 것도 이유의 일단이 될 수 있을 것이다. 하지만 이는 그가 견지했던 사회주의 사상이나 가난한 민중들에 대한 애정, 그리고 여러 실험적 정열 등이 서정성 짙은 민중적 휴머니즘으로 수렴된 것이라고 해석하는 것이 더 맞을 것이다. 그 가운데서도 일종의 예언자 의식을 자연 사물에 의탁하여 형상화한 작품들과 생명적 원천으로서의 자연을 형상화한 시편들이 가장 돋보인다.

> 날더러 진달래꽃을 노래하라 하십니까
> 이 가난한 시인더러 그 적막하고도 가냘픈 꽃을
> 이른 봄 산골짜기에 소문도 없이 피었다가
> 하루아침 비바람에 속절없이 떨어지는 그 꽃을

무슨 말로 노래하라 하십니까

노래하기에는 너무도 슬픈 사실이외다
백일홍같이 붉게 붉게 피지도 못하는 꽃을
국화와 같이 오래오래 피지도 못하는 꽃을
모진 비바람 만나 흩어지는 가엾은 꽃을
노래하느니 차라리 붙들고 울 것이외다

친구께서도 이미 그 꽃을 보셨으리다
화려한 꽃들이 하나도 피기도 전에
찬바람 오고 가는 산허리에 쓸쓸하게 피어 있는 봄의 선구자
연분홍 진달래꽃을 보셨으리다

진달래꽃은 봄의 선구자외다
그는 봄의 소식을 먼저 전하는 예언자이며
봄의 모양을 먼저 그리는 선구자외다
비바람에 속절없이 지는 그 엷은 꽃잎은
선구자의 불행한 수난이외다

어찌하여 이 나라에 태어난 이 가난한 시인이
이같이도 그 꽃을 붙들고 우는지 아십니까
그것은 우리의 선구자들 수난의 모양이
너무도 많이 나의 머릿속에 있는 까닭이외다

노래하기에는 너무도 슬픈 사실이외다

백일홍같이 붉게 붉게 피지도 못하는 꽃을
국화와 같이 오래오래 피지도 못하는 꽃을
모진 비바람 만나 흩어지는 가없은 꽃을
노래하느니 차라리 붙들고 울 것이외다

그러나 진달래꽃은 오려는 봄의 모양을 그 머릿속에 그리면서
찬바람 오고가는 산허리에서 오히려 웃으며 말할 것이외다
"오래오래 피는 것이 꽃이 아니라,
봄철을 먼저 아는 것이 정말 꽃이라"고—

—「너무도 슬픈 사실」 전문

　이 작품은 '진달래꽃'을 매개로 하여 역사적 수난자들의 비극적 생애
를 시적 주체의 의식 속에 집중적으로 내면화시킨 서정시편이다. '진달
래꽃'이라는 즉물성을 역사적 상징으로까지 확대하여 민족적 선구자들
이 겪은 수난의 이미지와 접목시킨 것은 이 작품의 의의이다. 암울한 조
국 현실을 "모진 비바람"과 "찬바람 오고 가는" 산하로 설정하고 그곳에
서 "봄의 소식을 먼저 전하는 예언자"이자 "봄의 모양을 먼저 그리는 선
구자"로서 수난을 당하며 "속절없이 떨어지는" 진달래꽃을 그 대립항으
로 만들어, 프로시들의 결함이었던 적대적 대립 구도나 생경한 구호 나
열을 극복한 비장미를 획득하고 있다. 특히 마지막 연이 거두는 반전反轉
이미지는 시편의 궁극적 주제의 선명함에 기여하고 있다. 이처럼 '서정
적 집중화'의 방식으로 박팔양은 그의 생애에서 가장 주목할 만한 성과
를 내고 있다. 프로시들이 비교적 '극적 방식'으로 시적 상황을 드러낸
데 비해, 이때 박팔양이 보여준 '서정적 집중화'의 방법은 매우 이채로
운 것이 아닐 수 없다. 다음으로 이 시기 그의 또 하나의 영역은 생명과

자연에 대한 경외와 강한 긍정이다. 이러한 시편들에서는 생명의 원천으로서의 자연에 대한 강한 긍정과 모성에 대한 애착이 드러난다.

> 내가 흙을 사랑함은
> 그가 모든 조화의 어머니인 까닭이외다.
> 그대는 보셨으리라, 여름 저녁에
> 곱게 곱게 피는 어여쁜 분꽃을!
> 진실로 기적이외다. 그 검은 흙 속에서
> 어떻게 그렇게 고운 빛깔들이 나오는가
> 그것은 아무도 모르는 우주의 비밀이외다.
>
> 내가 흙을 사랑함은,
> 그가 모든 조화의 어머니인 까닭이외다.
> 그대는 보셨으리라. 숲 우거진 동산 위에
> 먹음직스럽게 열리는 과실들을!
> 진실로 기적이외다. 그 검은 흙 속에서
> 어떻게 그렇게 맛있는 실과들이 나오는가
> 그것은 아무도 모르는 우주의 비밀이외다.
>
> ―「내가 흙을」 전문

　이러한 생명과 자연에 대한 친화력을 '흙'의 속성에 접목시켜 형상화한 이 작품에서도 시인의 모성적 생명 사상 그리고 자연의 이법에 담긴 생명력에 대한 경외와 신뢰를 발견할 수 있다. 이 시편의 주요 심상인 '대지'는 인류의 고향(mother land)으로서 동경의 대상이자 생명의 원천으로서의 표상을 지니고 있다. 이처럼 '예언자 의식'을 자연 사물에 의

탁하여 형상화한 작품들과 생명적 원천으로서의 자연을 형상화한 작품들이 1930년대 초기의 박팔양 시세계를 수놓게 된다.

5. 내성과 탈역사화—도회 정조와 방황

박팔양의 시세계는 1933년을 전후하여 도회풍의 정조에 탐닉하는 모더니스틱한 자장을 형성한다. 하지만 이러한 시적 경향은 그 이전에도 간헐적으로 나타난 바 있다. 예컨대 『여수시초』에 수록된 「도회정조」(1926)에서는 다다적 기운을 빌어서 현대 도시 문명의 탁류를 빗댄 바 있고, 「새로운 도시」(1929)에서는 새롭게 들어서는 도시의 외관에 대한 충격을 담고 있으며, 1929년 6월 1일부터 6일까지 《조선일보》에 연재한 장시 「1929년의 어느 도시의 풍경」에서는 모든 도시를 '괴물怪物'이나 '탁류濁流'로 희화화하고 있다. 이렇게 실험적으로 쓰이던 도시에 대한 관심은 1933년에 들어 집중적으로 창작된다. 이러한 현상은 물론 '구인회 가담'이라는 개인적 체험과 관련이 있겠지만 좀더 구체적으로는 서구 모더니즘의 국내 확산이나 식민지 근대 도시인 경성에서의 도시 세대의 등장 그리고 카프 중심의 리얼리즘 문학의 상대적 침체 등의 상보적 결과라고 해야 할 것이다. 순수한 예술적 독자성을 견지하면서 현실의 시적 투영을 필수적 본령으로 삼았던 박팔양은 이때 도회 정조를 바탕으로 한 자유주의자로서의 방황을 그린 내성 시편들을 씀으로써 상당 부분 빚지고 있던 역사와 현실로부터 서서히 발을 물러 딛게 된다.

도회.
밤 도회는 수상한 거리의 숙녀인가

그는 나를 고혹蠱惑의 뒷골목으로
교태로 손짓하며 말없이 부른다.

거리 위의 풍경은 표현파表現派의 그림.
붉고 푸른 채색등, 네온사인
사람의 물결 속으로 헤엄치는 나의 젊은 마음은
예술가의 기분 같은 기쁨 속에 잠겨 있다.

쉬일 사이 없이 흐르는 도회의 분류奔流 속으로
내가 여름밤의 조그마한 날벌레와 같이
뛰어들 제. 헤엄칠 제. 약진할 제.
아름다운 환상은 나의 앞에서
끊임없이 명멸하고 있다.

그러나 이윽고 나는 나의 피로한 마음 위에
소리도 없이 고요히 나리는 회색의 눈雪을 본다.
아아 잿빛 환멸 속의 나의 외로운 마음아.
'페이브먼트' 위엔 가을의 낙엽이 떨어진다.

이것은 1933년의 서울
늦은 가을 어느 밤거리의 점경.
기쁨과 슬픔이 교착되는 네거리에는
사람의 물결이 쉬임없이 흐르고 있다.

　　　　　　　　　　　　　—「점경點景」 전문

이 작품은 시인의 눈에 비친 1933년 경성의 풍경첩이다. 경성의 "늦은 가을 어느 밤거리"의 풍경을 낯선 "표현파의 그림"이나 "기쁨과 슬픔이 교차되는" 정경으로 묘사하고 그 안에 있는 시적 자아의 내면에는 "잿빛 환멸"과 "외로운 마음"이 단절적 심상으로 공존하고 있다. 물론 그의 시에 나타나는 모더니즘적 정조가 역사적 모더니즘의 가장 적극적 지점인 문명 비판적 시각을 담고 있는 것은 아니었다. 오히려 그의 시가 보여주는 소외 의식은 급격한 도시화와 비주체적인 근대화에 따른 고향 상실과 그에 대한 그리움의 카운터 이미지로서 나타난 것일 뿐이다. 그래서 그의 시에는 당대 도시의 보편적 삶의 양태인 소시민의 고독과 방황이 줄곧 나타나게 된다.

길손—그는 한 코즈모폴리턴
아무도 그의 고국을 아는 이 없다
대공大空을 날으는 '새'의 자유로운 마음
그의 발길은 아무 데나 거칠 것이 없다

길손—그는 한 니힐리스트
그의 슬픈 옷자락이 바람에 나부낀다
쓰디쓴 과거여 탐탁할 것 없는 현재여
그는 장래의 '꿈' 마저 물 위에 떠보낸다

길손—그는 한 낙천주의자
더 잃을 것은 없고 얻을 것만이 있는 그다
나라와 명예와 안락은
그가 버림으로써 다시 얻는 재산이리라

길손—그대는 쓰디쓴 입맛을 다신다

길손—그대는 슬픈 대공의 자유로운 '새' 다

―「길손」 전문

　1930년대 시인들에게 고향 상실감은 매우 심각하고도 보편적인 시적 주제였다. 이 시편은 '길손'이라는 개체 심상에 "코즈모폴리턴/니힐리스트/낙천주의자"라는 통합될 수 없는 이질적 속성들을 결합시켜 실향감의 확인과 그에 따르는 방황을 서정적 기조로 하고 있다. 형식 논리상으로 보면 시적 대상이자 주체인 '길손'의 이미지에 상충하는 모순이 잠복하고 있음을 알 수 있다. 한마디로 그것은 전향기에 처한 한 지식인의 내면적 자기모순과 배회하는 정신을 위악적으로 언표한 결과이다. 이 같은 탈사회화의 경향은 1935년을 고비로 연시나 소박한 내성시편으로 그의 시적 경향을 몰아가게 된다.

　이처럼 소외 의식과 자기 균열에 수반한 방황과 내성을 통해 박팔양의 식민지 시대 후기 시편은 치열하게 몸담았던 현실로부터 현저하게 후퇴하는 것으로 요약된다. 그러나 덧붙일 것은 이러한 변모 양상이 그 일개인의 우연한 관심의 변이라기보다는 그 시대 시인들이 겪었던 일반적 한계와 맥을 대고 있다는 사실이다. 박팔양은 20여 년의 짧지 않은 이 같은 그의 시적 이력을 갈무리하여 『여수시초』에 담고, 해방을 맞게 된다.

6. 맺음말

　박팔양의 해방 후 이력을 확정적으로 일별하기는 아직 어렵다. 가령 그가 공들여 쓴 '서정서사시'가 1950년대 이후 북한의 주요 장르로 기능했다든가, 1990년대까지 살아 있으면서 문학 활동을 지속했다든가 하는 사실은 그의 해방 후 행적이 간단치 않은 무게를 지니고 있음을 예상케 한다. 그리고 그 어떤 시인들보다 북한 사회의 이념 자체에 대한 강박이 덜한 서정성 높은 작품을 썼다는 사실도 강조될 수 있을 것이다. 하지만 이 글에서는 식민지 시기 동안 그가 보여준 다양한 시적 편폭을 재구再構하는 데 일차적 관심을 가졌고, 해방 후의 문학 세계가 갖는 면모는 보다 튼실한 자료들이 확보된 후에 재구성될 수밖에 없을 것이다.

박팔양은 우리 근대시사의 다양한 정신적 단면을 두루 자신의 화폭으로 담아낸 개성적 시인이었다고 할 수 있다. 그의 시적 기조는 한결같이 현실성과 서정성 사이의 갈등과 통합에 있었다. 또한 그의 시편들은 당대를 관류하던 문학 운동이나 이념에 깊이 관련되어 있었고, 프로 문학과 모더니즘의 진폭을 오가긴 했지만 어느 쪽에서도 핵심 인물이 아닌 주변 인물(marginal man)이었던 모습도 우리는 발견할 수 있다. 하지만 그는 자신의 문학적 열정을 당대의 미학과 결합시켜 서정성 짙은 시편들을 창작하였고, 1920년대부터 1930년대 후반에 이르기까지 비교적 긴 시간 동안 지속적으로 창작 활동을 해온 시인으로 기억될 필요가 있다.

총괄적으로 그 내용을 정리해보면 다음과 같다. 초기 시편은 열정 어린 신경향파시나 구체적 현실 인식을 담은 프로시로 나타나게 되는데, 이때 그는 서정적 양식 안에 생동하는 민중의 생명력을 형상화하였다. 그리고 한때 다다이즘에 경도되어 자기 시세계의 한 이질적 삽화를 그 흔적으로 남긴다. 그리고 카프가 볼셰비키화로 방향 전환을 겪을 즈음에는 현실에 대한 이념 제시보다는 예언자 의식과 생명 의식을 결합시킨 서정시편을 다수 발표하였다. 그리고 1930년대 들어 모더니즘과 접촉하면서 도시 세태와 소외 의식을 다룬 시편, 정신적 균열과 방황을 다룬 내성시편들을 창작하여 현실로부터 탈각하는 모습을 보여준다.

결국 그의 시세계는 단선적 진보나 퇴행으로 전개되었다기보다는 1920~1930년대의 중층적 현실에 대응하여 서정시를 통하여 꾸준히 시적 모색을 한 것으로 모아질 것이다. 식민지 근대에 대한 정치 사회적인 관심과 시 내부로 응축해 들어가는 서정성을 양대 기조로 하여 많은 시편을 창작한 시인이 바로 박팔양인 것이다. 특히 균질적이지 못했던 당대의 정신사에 대응하여 가작들을 산출해낸 점과 일관되게 관류하는 민족 현실에 대한 관심은 그의 시인적 면모를 드러내는 핵심적 지표로 평가하여도 손색이 없을 것이다.

1905년 8월 2일 경기도 수원군 안룡면 곡반정리에서 태어남. 아버지는 당시 양반 관
리였던 박제헌朴濟獻임.

1916년 배재고등보통학교에 입학함. 여기서 훗날 카프의 중심인물이 되는 박영희,
김기진, 송영을 만남.

1920년 배재고등보통학교를 졸업함.

1921년 휘문의 정지용, 중앙의 김용준, 법전의 김화산 등과 함께 등사판 문예동인
지《요람搖藍》을 펴냄. 《요람》은 정지용의 발안으로 1921년 처음 출간된 문
학청년들의 회람잡지로, 휘문고보 등사판을 이용하여 여러 호를 제작하는
중에 '프롤레타리아 문학 특집'이라는 제호로 책을 만들다가 일경 경무국에
책이 모두 압수당하기도 함.

1923년 김화산, 이세기 등과 함께 한국 현대시사에서 최초의 사화집인『폐허廢墟의
염군焰群』(이세기 편, 조선학생회)을 펴냄.

1924년 《조선일보》 기자가 됨.

1926년 카프 회원으로 가입함.

1927년 카프를 자진 탈퇴함. 10월에 유완희, 김동환, 안석주, 김팔봉 등과 함께 조
선전위기자동맹에 참여함.

1928년 《중외일보》 기자가 됨.

1929년 1월부터 2월까지《조선일보》에 주체적이고 근대적인 시문학사의 효시 격인
「조선신시운동개관」이라는 글을 연재함.

1931년 《조선중앙일보》의 기자가 됨.

1934년 모더니즘을 표방한 문학 단체인 구인회에 가담함. 유일한 장편소설「정열의
도시」를《조선중앙일보》에 연재함.

1935년 「조선신시운동사」를《삼천리》에 연재함.

1937년 만주 신경에서《만선일보》의 기자가 됨.

1939년 《만선일보》 간도지사장으로 발령됨.

1940년 시집『여수시초麗水詩抄』를 발간함.

1945년 《로동신문》의 전신인《정로正路》의 주필이 됨. 조선프롤레타리아 예술동맹

의 중앙집행위원이 됨.

1946년 3월 25일 결성된 북조선예술총동맹의 부위원장 겸 출판국장을 맡음.

1949년 김일성종합대학 어문학부 신문학과新文學科 강좌장 맡음.

1951년 10월에 문학예술총동맹 중앙위원을 맡음.

1956년 작가동맹 부위원장을 맡음.

1957년 6월에 중앙선거위원회 위원을 맡음.

1958년 1월에 조·소 친선협회 중앙위원을 맡음. 6월에는 예술대표단장으로 소련, 폴란드, 동독 등을 순방함. 2월에 시집 『황해의 노래』를 발간함.

1959년 시집 『박팔양시선집』을 발간함.

1961년 8월에 시집 『눈보라 만리』를 발간함.

1962년 집체작 「인민은 노래한다」를 발표함.

| 작품 연보 |

■ 시

1923년 「명월야明月夜」,《동아일보》11월

　　　　　「한 가지 유언」,《동아일보》11월

　　　　　「씨를 뿌리자」,《동아일보》11월

　　　　　「어지러운 이 세대」,《동아일보》11월

1924년 「케말 파샤의 찬가讚歌」,《동아일보》2월

　　　　　「나그네」,《동아일보》7월

　　　　　「괴로운 조선」,《동아일보》7월

　　　　　「고별의 노래」,《동아일보》7월

　　　　　「설운 사랑」,《동아일보》7월

　　　　　「여름 구름」,《동아일보》8월

　　　　　「가을바람 낙엽」,《동아일보》9월

　　　　　「망각忘却」,《조선일보》10월

　　　　　「동지同志」,《조선일보》11월

1925년 「저자에 가는 날」,《생장》2월

　　　　　「향수鄕愁」,《생장》2월

　　　　　「가난으로 십 년 설움으로 십 년」,《생장》2월

　　　　　「젊은 사람!」,《조선일보》4월

　　　　　「여명이전黎明以前」,《개벽》7월

　　　　　「시냇물 소리를 들으면서」,《조선문단》10월

1926년 「거리로 나와 해를 겨누라」,『조선시인선집』, 10월

　　　　　「신神에 대한 질문」,『조선시인선집』, 10월

　　　　　「공장工場」,『조선시인선집』, 10월

　　　　　「나는 불행한 사람이로다」,『조선시인선집』, 10월

　　　　　「아침」,『조선시인선집』, 10월

　　　　　「노농 로서아시」,《문예시대》10월

1927년 「윤전기輪轉機와 사층四層집」,《조선문단》1월

　　　　　「남대문」,《동광》1월

	「밤차」, 《조선지광》 9월
1928년	「최초의 은인」, 《조선지광》 1월
	「묵상시편默想詩篇」, 《조선지광》 3월~4월
	「데모」, 《조선지광》 7월
1929년	「새로운 도시」, 《조선지광》 1월
	「개나리야」, 《별건곤》 4월
	「고향 생각」, 《삼천리》 6월
	「1929년대의 어느 도시의 풍경」, 《조선일보》 6월
	「목숨」, 《조선강단》 12월
1930년	「여인」, 《조선지광》 1월
	「너무도 슬픈 사실」, 《학생》 4월
	「백일몽」, 《조선지광》 8월
	「탄식하는 사람들」, 《대중공론》 9월
1931년	「정성스러운 마음으로」, 《조선일보》 1월
	「그 누가 저 시냇가에서」, 《신여성》 4월
	「가을밤 하늘 위에」, 《삼천리》 9월
	「내가 흙을」, 《시대공론》 9월
	「가로등하풍경街路燈下風景」, 《신여성》 11월
1933년	「무제음無題吟」, 《제일선》 2월
	「달밤」, 《신가정》 9월
	「점경點景」, 《중앙》 11월
	「겨울 달」, 《신동아》 12월
	「하루의 과정」, 《중앙》 12월
1934년	「희망」, 《조선중앙일보》 1월
	「실제失題」, 《조선문학》 1월
	「병상病床」, 《조선문학》 1월
	「근영수제近咏數題」, 《중앙》 1월
	「하야풍경夏夜風景」, 《조선중앙일보》 6월
	「길손」, 《조선중앙일보》 7월
	「가을」, 《신가정》 10월

1935년	「또 다시 님을 그리움」, 《사해공론》 5월
	「실제失題」, 《시원》 8월
	「두옹찬杜翁讚」, 《조선중앙일보》 11월
	「가을밤」, 《삼천리》 12월
	「연설회의 밤」, 《조선중앙일보》 12월
1936년	「승리의 봄」, 《문학》 1월
	「선구자」, 《중앙》 2월
	「봄」, 《중앙》 3월
	「사월」, 《중앙》 4월
	「청춘송靑春頌」, 《중앙》 5월
	「무제無題」, 《중앙》 6월
	「시냇물」, 《중앙》 7월
	「바다의 팔월」, 《중앙》 8월
	「무제無題」, 《중앙》 9월
1939년	「소복 입은 손님이 오시다」, 《삼천리》 1월
	「실제失題」, 《조광》 2월
1962년	집체시 「인민은 노래한다」

■ 소설

1928년	「오후 여섯 시」, 《조선지광》 9월
1929년	「방랑의 수부와 이국 계집아이」, 《조선일보》 3월
1934년	「정열의 도시」, 《조선중앙일보》 1월~5월

■ 수필

1926년	「가을비가 나린다」, 《신민》 10월
1927년	「삼대사건에 고심하던 이야기」, 《별건곤》 1월
	「문필노동자 잡감」, 《문예시대》 1월
	「도향 군의 죽음」, 《현대평론》 8월
	「하일정취」, 《조선지광》 8월
	「불행한 생각」, 《조선지광》 9월

「모던 보이 촌감」, 《별건곤》 12월

1928년 「일기의 일절」, 《조선지광》 5월

「자유로운 정열의 여자」, 《별건곤》 8월

「조선시단에 대한 기대」, 《조선시단》 11월

1933년 「젊은 어머니에게」, 《신여성》 6월

「나의 미인관」, 《삼천리》 9월

1934년 「무제록」, 《조선중앙일보》 5월

1935년 「신문예의 '어머니'」, 《삼천리》 4월

「한수에 배를 띄워」, 《조선중앙일보》 8월

1936년 「지용과 임화시」, 《중앙》 1월

「요람시대의 추억」, 《중앙》 7월

■ 평론

1927년 「문예시평」, 《조선문단》 2월

1928년 「포도주와 같은 문학」, 《조선지광》 1월

1929년 「조선신시운동개관」, 《조선일보》 1월~2월

「작가의 의식 문제와 작품의 검열 문제」, 《조선지광》 1월

1929년 「구월의 시단」, 《중외일보》 10월

1930년 「신문문장여시관」, 《철필》 7월

1931년 「신춘문예 현상작품 선후감」, 《조선일보》 1월

「다섯 폭의 풍경」, 《조선일보》 1월

「저널리즘의 공과」, 《조선일보》 3월

1933년 「신간독후유감」, 《조선중앙일보》 7월

「이하윤씨의 근업 '실향의 화원'을 읽고」, 《조선중앙일보》 12월

1935년 「신시선후유감」, 《조선중앙일보》 1월

「정지용시집에 대하여」, 《조선중앙일보》 12월

「조선신시운동사」, 《삼천리》 12월~1936년 2월

■ 시집

1940년   『여수시초』, 박문서관 3월

1958년   『황해의 노래』, 조선작가동맹출판사 2월

1959년   『박팔양시선집』, 문화전선사

1961년   『눈보라 만리』, 조선작가동맹출판사 8월

1992년   『박팔양시선집』, 문학예술종합출판사

|참고 자료|

강은교, 「박팔양론」, 1930년대 민족문학의 인식, 1990년 9월

강호정, 「박팔양 문학 연구」, 한성대 석사학위논문, 1999년 2월

김낙현, 「박팔양 문학 연구」, 중앙대 석사학위논문, 2001년 8월

김 억, 「시단산책」, 《조선문단》, 1925년 3월

_____ 「최근의 시평」, 《삼천리》, 1931년 11월

김은철, 「관념주의 그리고 뉴 컴플렉스」, 《한국문예비평연구》, 1998년 1월

김재홍, 「계급의식과 예술성의 갈등」, 《한국문학》, 1989년 4월

민병균, 「여수 박팔양 선생께 드림」, 《신인문학》, 1936년 1월

박귀송, 「시단시평」, 《신인문학》, 1935년 12월

박종화, 「만평일속」, 《조선문단》, 1925년 11월

백석, 「슬픔과 진실」, 《만선일보》, 1940년 5월 4일~10일

서덕주, 「여수 박팔양 연구」, 서강대 석사학위논문, 1995년 8월

서민정, 「박팔양 시의 특성 연구」, 영남대 석사학위논문, 2002년 8월

송기련, 「박팔양 시 연구」, 성균관대 석사학위논문, 1994년 8월

안석주, 「캐나리아의 애인 여수 박팔양 씨」, 《조선일보》, 1933년 2월 7일

유성호, 「여수 박팔양 시 연구」, 연세대 석사학위논문, 1989년 12월

윤재웅, 「박팔양론」, 『한국현대시인연구』, 1989년 8월

이정구, 「박팔양의 시문학」, 『현대시론』, 1960년 7월

이주열, 「박팔양 시의 형성에 대한 비판적 고구」, 《우리어문연구》, 2008년 5월

이청원, 「휴머니즘의 역사적 전개」, 《문학사상》, 1989년 8월

최병기, 「박팔양론」, 수원대 석사학위논문, 1990년 12월

최순옥, 「박팔양 시 연구」, 영남대 석사학위논문, 1997년 2월

홍신선, 「박팔양론」, 《현대문학》, 1990년 2월

한국문학의재발견-작고문인선집

박팔양 시선집

지은이 | 박팔양
엮은이 | 유성호
기　획 | 한국문화예술위원회
펴낸이 | 양숙진

초판 1쇄 펴낸날 | 2009년 11월 16일

펴낸곳 | ㈜현대문학
등록번호 | 제1-452호
주소 | 137-905 서울시 서초구 잠원동 41-10
전화 | 516-3770
팩스 | 516-5433
홈페이지 www.hdmh.co.kr

© 2009, 현대문학

값 10,000원

ISBN 978-89-7275-528-9 04810
ISBN 978-89-7275-513-5 (세트)